徳間文庫

恭一郎と七人の叔母

小路幸也

徳間書店

恭一郎と七人の叔母

更屋恭一郎 女だらけの大家族に暮らす高校生。

さき子 恭一郎の母。原史の長女。
夫が事故死した後、実家で暮らしている。

志乃子 原史の次女。
歯科医の妻で息子と娘がいる。

万紗子 原史の三女。
双子の妹の美津子と「八螺叉骨董」を営み、
双子兄弟の弟と結婚した。

美津子 原史の四女。万紗子の双子の妹。
飲食店を経営する夫は、双子兄弟の兄。

与糸子 原史の五女。数学教師。
体育教師の夫との間に娘がいる。

加世子 原史の六女。
大手電機メーカーの御曹司と結婚、
息子がいる。

喜美子 原史の七女。
水商売をしていた。

末恵子 原史の八女。画家。

更屋家の人々

源造　恭一郎の曾祖父。

トワ　恭一郎の祖母。
原史の妻。

原史　恭一郎の祖父。
造園業を営む更屋家の当主。

簡治　原史の弟。
放蕩息子を地で行き、「簡治釣堀」を営む。

糸　原史の妹。
小料理屋を営む。

ILLUSTRATION
片山若子

design：AFTERGLOW

一
kyoichiro
and
Seven Aunts

更屋恭一郎には七人の叔母がいる。

その七人の叔母たちの、母を含めて八人姉妹の微妙な関係性にふと気づいたのは、恭一郎が中学一年生のお正月だ。いつもの年と同じように家を出た叔母も家族を引き連れてやってきて、賑やかに元日の夜の食事が始まった頃に、気づいたのだ。

「それまではさ、つまり小学生の頃なんか、叔母さん同士の仲が良いか悪いかなんて考えないじゃん」

「そうかなぁ、小学生でも気づく子はいると思うけど」

「それは男と女の違いだよ。小学生男子なんかただひたすらバカなんだから。でも中学生になってこちらも思春期でさ。大人の間のどうしたこうしたなんてことに目を向けられるようになって、ふっ、て感じたんだよね」

「叔母さんたちの仲が悪いって？」

「悪いとかだけじゃなく、いろいろなことにさ」

　誰が決めたのかはわからないが、更屋家では一月一日の夜には家を出た娘たちも集まり、全員で新年の挨拶(あいさつ)をしつつ、すき焼きを食べることになっていた。恭一郎は、物心ついたときからそうだったので何故(なぜ)なのかと悩むこともなく、日本中で正月の夜にはすき焼きを食べるものだとかなり大きくなるまで思い込んでいた。

　もちろん、祖母と母と叔母たちが年の瀬になる前から下準備をする、大層(たいそう)手の込んだお節料理も重箱に納まる。その数は三段の重箱が四つもあり、ずらりと座卓の上に並んではいたのだが、とにかく一月一日のすき焼きだけは欠かさないのが更屋家の習慣だった。

　その更屋家の、恭一郎の叔母たち。

叔母ではないが、姉妹の長女であり、恭一郎の母である、さき子。

次女、志乃子(しのこ)。

三女、万紗子(まさこ)。

四女、美津子(みつこ)。

五女、与糸子。

六女、加世子。

七女、喜美子。

八女、末恵子。

ずらりと見事に揃った八人姉妹であり、恭一郎の七人の叔母だ。

三女の万紗子と四女の美津子はとてもよく似た双子で、恭一郎はいまだにその区別がつかない。とにかく顔も声も立ち居振る舞いも何もかも瓜二つなのだ。その話をすると右目が奥二重なのが万紗子、と教えられるが、そもそも叔母の顔をじっくりとまじまじと見る機会などあまりない。なので見分けるのは一生無理だろうと諦めていて、二人が揃っているところでは適当に名前を呼ぶが七割の確率で外していつも怒られる。

祖父母の時代では、特に田舎ではこれぐらいの子沢山はそれほど珍しいものではないと恭一郎は聞いていた。自分の同級生たちに確認しても父や母の兄弟姉妹が五、六人というのは、多数を占めるわけではないが、割合から言うとクラスに少ないときでも三、四人、多いときには七、八人はいた。

ただ、八人姉妹というのは自分のところだけだった。

更屋家は素封家だった。

いわゆる土地持ちの豪農であったが目端が利いたのかどうか、明治の世になる少し前に広大な敷地を生かし植木屋及び造園業に鞍替えした。多くの職人を抱え近郊の造成から庭園から一切合切取り仕切ったという。

激動の明治大正時代をくぐり抜け、昭和になり世の中も商売の仕方もどんどん移り変わり商売敵も増え、多少は羽振りも悪くなり規模は縮小されたが、今も生花生産から造園業まで手広く扱っている。

ただ、跡取り息子は生まれなかった。

八人の娘だけだったのだ。

そのため、長女さき子の息子であり更屋原史の初孫である恭一郎は、跡取り候補として扱われた。だが、祖父である原史は特にそれを押し付けてはいなかった。やりたければやっていい。しかし、やりたくなければやらなくてもいいと、小さい頃から恭一郎に話していた。

さき子が、今も更屋の名で実家に暮らし、それでいて恭一郎という息子がいるのは夫に先立たれたからだ。七人の叔母の話をする前に、恭一郎の母であるさき子や、祖父である原史の話から始めてみよう。

更屋さき子は、十九歳のときに父の仕事相手であった加山一造に見初められて見合いをし、そのまま結婚した。

加山一造は地元の有力政治家の息子であり将来を嘱望された学士でもあった。元は農家の娘が学士様と結婚して未来は政治家の妻だと更屋家では大層喜んだのだが、不幸にも一造は列車事故で命を落とした。あの死者三名重傷者二十名という当時としては大変に大きな事故となった嵐の夜の脱線事故である。

その死者三名のうちの一名が一造だったのだ。

わずか、半年ほどの短い結婚生活だった。

そして、さき子のお腹の中にはその時既に恭一郎がいたのだ。

恭一郎は大人になってから聞かされた話だが、その当時はかなり揉めたらしい。さき子が更屋家に戻るか戻らないか、でだ。

加山の家では有難いことにそのまま嫁として加山の跡取りとなる子供を産んでほしい、いずれは一造の弟である嗣治と結婚してほしいと言われたそうだ。そんな理屈ってあるのかと恭一郎は驚いたが、その当時は夫が早くに死んだ場合、夫の兄や弟と改めて一緒になるという話が出るのはさほど妙な話ではなかったという。そう言えば古い映画でそんなエピソードを観たことあるなと思い出して納得していた。

だが、さき子は素直に首を縦に振らなかった。嫁ぎ先の義理の親の言うことを我慢して聞くだけの娘ではなかったのだ。

自分の夫は一造だけである。いくら弟とはいえ嗣治さんとの結婚は考えられない。さりとて、そうやって断ったからにはこのまま寡婦として一生厄介になるのも心苦しいので離縁してもらい実家に帰ると言い出した。

両家の親も交えて長い話し合いが持たれたのだが、結局は身重であるさき子の身体と心を気遣い、互いにさき子の思いを尊重することを了承したのだ。その時分の時勢を考えれば加山家も更屋家も相当に寛容で優しかったと言えるのだろう。

従って、恭一郎は更屋の家で生まれた。名字も、最初から更屋だったのだ。

「それでか。お父さんの顔を知らなかったっていうのは」

「そういうこと。写真も一枚もなかったしね」

「淋しくなかった?」

「全然。何せ家には叔母さんがやたらいたからね。住み込みで働いている人もたくさんいて、とにかくもう賑やかな家だったから」

「住み込みの人は何人ぐらいいたの?」

「生まれる前にはいちばん多い頃で十人はいたってさ。僕の頃では最大で五人ぐらいかな」

「ということは、えーと、家には十六人の方が住んでいたってことね。恭一郎くんも含めて」

「そう、かな？　そう考えると多いなー」

さき子が大きなお腹を抱えて更屋家に戻ってきたとき、当然のことながら妹たち、つまり恭一郎の七人の叔母は全員まだ家にいた。

長女であるさき子が帰ってきて、お腹の中には自分たちの初めての甥っ子がいるというのを全員が大層喜んだ。

恭一郎が生まれたときの年齢はこうだ。

次女志乃子は十九歳。

双子である三女万紗子、四女美津子は十七歳。

五女与糸子は十五歳。

六女加世子は十二歳。

七女喜美子は十歳。

八女末恵子は七歳。

ほとんど全員が恭一郎のことを甥というよりは弟のように思い可愛がった。生まれたばかりの赤ん坊の恭一郎の世話を我先にしようとした。寝かせようと抱っこをしても全員で交替で回すものだから中々寝つかなかった。あまりにも恭一郎の周りでそうやって騒ぐものだから祖母のトワによく怒られたものだ。

とにかく恭一郎に無関心な叔母はただの一人もいなかったのだ。

世間一般の基準からすると更屋家はそこそこ裕福だった。決してとんでもないお金持ちというわけではなかったが、商売が上手く立ち行かなくなり経営が苦しくなれば先祖代々受け継いだ広大な敷地を切り売りすればなんとかなった。

笑い話になっているのだが〈娘一人に五百坪〉などと言っていた。

娘が一人きちんと学問をしたいと言い出せば、あるいは結婚に持参金が必要となれば、土地を売ればなんとかなったのだ。むろん、五百坪とは適当な数字だ。土地の値段などはその時代で刻々と変わる。要するに土地を売れば暮らし向きは何とかなるという楽観的な考え方が底にあった家なのだ。

家の手伝いと小さな妹たちの世話に明け暮れそれが当たり前と思い、ろくに学校もいかずに早くに結婚を決めたさき子だったが、時勢もあり下の妹たちは概ねきちんと学校に通った。大学まで卒業した妹もいる。仕方がないとはいえそういう姉妹間の格差みたいなものも、八人姉妹の中には微妙な空気として流れ、感情のしこりとして残っていった部分はあるのだろう。

七人の叔母の中で、恭一郎が一緒に住んだ記憶がないのが次女の志乃子だ。

実際には恭一郎が三歳、志乃子が二十二歳になるまでは一緒に暮らしていた。彼のおむつを一番多く洗ったのはさき子の次に志乃子だったかもしれない。

志乃子と長女のさき子とは一つ違いであったことから仲も良かった。何か個人的な悩み事や家の中で問題が起これば互いの部屋で何でも話し合い相談し合ってきたのが、さき子と志乃子だった。

二人が最も多く夜毎（よごと）にどちらかの部屋で密（ひそ）やかに話し合ったのが、父の原史の浮気問題だ。

更屋原史は、身長が一八〇センチあり、当時の男にしてはかなりの偉丈夫（いじょうふ）だった。それは体格も人格も優れているという意味合いであるが、実際のところ商売人としても男としても立派な人物だった。

商（あきな）いは正直に丁寧（ていねい）に行う。お金持ちからはしっかりと金を取り、貧乏人には笑っておまけをした。困っている人がいれば仕事をほっぽり出してでも助けに行き、近所の揉（も）め事の仲裁をし、消防団の団長も長い間務めていた。正（まさ）しく人格者だったのだが、唯一の欠点は女遊びだった。

顔立ちもそれなりに整い、立派な体格をして、成功している商売人となればそれは世の中の女は放っておかない。付き合いも広かったので毎晩の様にどこかに呼ばれて宴席となり、酔っぱらって帰ってくるのが常だった。

妻であるトワは古い時代の女性だった。決して夫の影を踏まず、家の掃除は障子の桟が磨り減るほどに丁寧にし、商いにも使用人にも気を配り更屋家を内から守っていた。

まだ浮気は男の甲斐性などと言われた時代だ。トワも原史の女遊びをわかっていながらも、何ひとつ口にすることはなかった。ただ黙って辛抱していたのだ。

そんな母を、新しい時代の女である娘たちは歯痒く思っていた。特に、原史が浮気を派手に行っていた時代に、そういう匂いを感じ取れるような年になっていたさき子と志乃子は怒っていたのだ。

怒ってはいたものの、原史は立派な父親でもあったのだ。

仕事はしない家に金は入れない遊び歩いて放蕩三昧ならば割り切って怒れたものを、原史はどんなに女遊びをしても無用な外泊をすることはなかったし、仕事は人よりもこなし、娘たちにも常に優しかった。八人の娘の誕生日は全部覚えていて、きちんと誕生日のお祝いもするような父親だったのだ。その当時にしてはかなり珍しかったと言えるだろう。

後に七女の喜美子は「一番性質の悪いタイプの男よね」と自分の父を評した。

次女の志乃子は、大人しい女の子だった。慎ましくお淑やかで、女は家事ができればそれでいいと考えるようなある意味では母と似たような女性だ。多少気の強いところがあったさき子とは違い、どこまでも優しくおっとりとしていた。父の浮気を口に出して怒るのはさき子であり、それに志乃子は同調しながらも家に波風を立てないようにさき子をなだめる役目だったのだ。

ただ、どうしても許せなかった事件があった。

恭一郎にとっては祖父である原史と祖母であるトワが亡くなってから聞かされた話だ。原史より五年長生きしたトワの三回忌の席だ。

「フミちゃんのときが一番辛かったわよね」

そう言って溜息をついたさき子と志乃子に、万紗子と美津子は頷き、その下の妹たちはただ微苦笑した。話は聞いていたものの自分たちはまだ小さく、父の浮気というものに気づけない年齢の時代の出来事だったからだ。

フミちゃんというのは、更屋家で働いていた女の子だった。当時十七歳だったさき子より二つ上だった。

田舎からやってきて会社の経理として入社したものの、とにかく仕事ができない女の子だったという。あまりの出来の悪さに原史も呆れ「この子は花嫁修業をさせた方がいいのではないか」と言い出し、経理兼下働きとなり、家のことをやってもらっていたという。

さすがに、家事はきちんとできたと、さき子も志乃子も言う。家の掃除をして買い物の手伝いをして働く男たちの賄いを作り、妹たちの世話もしていた。最初は他所に部屋を借りていたがその内にほとんど女中の様になり住み込みになった。

原史が、そのフミちゃんに手を付けたという話だった。

聞かされた孫の恭一郎にとっては「あのじいちゃんがねぇ」と、ある意味では武勇伝のようにも聞こえた。だが、母と叔母たちにとってはたまったものではなかっただろう。

何せ、それまでは外で遊んでいて浮気相手の女の顔など見たこともなかったし名前も知らなかった。言ってみればただ話に聞くふわふわとした存在だったものが、フミちゃんは自分たちも親しい〈家で働く女性〉だったのだ。

「お祖父様、ひどいわね」

「やっぱりそう思う？」

「思うなんてもんじゃない。いくら男の浮気に寛容な時代だったからって、自分の家で働く女の人に手を付けるなんて」

「まぁね」

「恭一郎くんもそのお祖父様の血を引いてるのよね」

「いや、話をそっちに持ってかないでよ。この通り真面目な男じゃないか」

「それ、相当の修羅場になったんじゃないの？」

「ひどかったらしいね」


フミは格別に美人というわけではなかった。それどころか更屋家で働く男衆には〈牛蒡〉と呼ばれていた。文字通り色は浅黒く身体も細くまるで牛蒡のようだったからだ。お世辞にも器量良しとは言えずに明るさと真面目さだけが取り柄のような女の子だった。原史は一体どこが良くてフミに手を付けたのか、というのが長らく男衆の間では下卑た冗談と共に話題に上ったほどだ。

原史がフミに手を付けたと発覚したのは簡単なことだった。フミが自分で自分の敷布団(ぶとん)を人知れず洗ったのだ。だが、季節は冬だった。寒いさ中に布団を洗うこと自体が奇異(きい)であり、すぐにトワが気づいた。そして、その敷布団にしるしがあることを見つけてしまった。

最初は、家で働く男衆がフミに手を出したのかとトワは心配した。もう二十歳(はたち)になろうかという女とはいえ、親御さんから預かった大切な娘さん。もしもとんだことになってはこちらの責任問題と、トワは優しくフミに話を聞いたのだ。

フミは、何も言わなかった。ただ、睦事(むつごと)で女になり敷布団を汚したのだけは認めた。それは借り物の布団を汚してしまったことへの謝罪と一緒に。決して更屋で働く男衆ではないとも言った。

それでもう、わかってしまった。

もちろん、家の中での出来事なのだ。その当時更屋家に住んでいる男は三人しかいなかった。住み込みの男衆二人を除けば、後は原史だけなのだ。念のために二人の男衆にもそれとなく確かめたが、元より信頼できる二人だ。何せ若い女ばかりの家に住まわせているのだから信頼できなくては困る。

一番信頼できなかったのが、夫である原史だった。

結婚以来浮気に関しては責めるどころかただ黙って耐えてきたトワだったが、このときばかりは問いただそうと決意した。

だが、その夜にフミがいなくなったのだ。

寒い夜だったという。雪もちらつき始めてこのまま降り続き明日の朝には雪景色になるだろうという晩に、着の身着のままでフミが消えたのだ。責任を感じたのだろう。トワが原史に問いただすのもわかったのだろう。このまま家にはいられないと察し、消えたのだ。

大人たちが皆、着込んで家を飛び出しフミを探した。ひょっとしたら、自棄になり自殺してしまうかもしれない。

さき子と志乃子はもちろん、万紗子と美津子も起こされ捜索を任された。十二歳だった与糸子も起こされ、すやすやと眠る加世子、喜美子、末恵子を見守るようにと言い渡された。もし、フミが戻ってきたら摑まえて絶対に外に出すなと厳命された。

雪の降る中、二人一組になり暗い夜道を走り回った。もちろんそれぞれ自宅に帰っていた従業員の男衆も全員呼び出されて捜索に加わった。総勢、十八名の捜索隊だ。

必死に探し回る者たちも辛かったが、留守番を任された与糸子は死ぬほど辛くて泣きそうだったと話していた。

夜中に起こされたのも初めてならば、誰もいない広い家の中で一人、妹たちの寝顔を見ているだけの時間は果てしなく長く感じたという。

実家に帰る汽車もない時間。もちろん他の交通手段もほとんどない時代だ。フミが田舎に帰るとは思えない。近くに親しい友人もいない。夜中に訪れることができる場所などない。つまり行くところはひとつもないのだ。それなのに、着の身着のままで家を出た。

最悪の事を考え、近くの川の付近から山の中まで探し回った。冬の寒い真夜中、電話もようやく一般家庭に普及(ふきゅう)し始めたという頃だから、三十分も探すといったん家に戻ってきて暖(だん)を取り皆で話し合いまた違うところを探すという手順を繰り返した。二時間経(た)ち、三時間が過ぎ、もうこれ以上は他に大勢の手を借りなければ無理というところで、フミは見つかった。

最悪の一歩手前だった。

家から五キロも離れた橋の上で、川に身を投げようとしていたところを二人の男衆が発見した。慌てて駆け寄ったが一歩遅くフミは川へと身を投じた。幸いにも見つけた男衆が二人とも泳ぎが達者だったのですぐに助けられたのだが、何せ季節は冬だった。近くの家に助けを求め暖を取ったがその後に発熱し入院して、三人とも肺炎一歩手前の状態が長く続いた。命が助かったのは本当に幸運だったという他なかった。

この騒ぎを原史がどう収めるのかと思ったが、退院してきたフミを、原史もトワも何も言わずにそのまま家に住み込ませて働かせた。

それしかなかったのだろう。騒ぎで家の者が全員知ってしまった。追い出しても、あるいはどこかを頼ってそこで働かせても無慈悲であることには変わりない。責任を取ってフミの思う通りにさせるしかなかったのだろう。そしてフミは、許されるのならばこのまま更屋家で働く事を希望したのだ。

さき子や志乃子が言うには、かなり長い間家の中には言い様のない緊張感が漂っていたという。事情がわからない下の妹たちがそれまでと変わらず下働きのフミを慕っているのが余計に辛かったとも言った。

さき子や志乃子、朧げに事情を理解した万紗子と美津子は母であるトワの心情を察して、フミとは一切口をきかなかった。フミが可哀相と思う気持ちももちろんあった。悪いのは全部父親なのだと理解してはいても、フミと仲良くするのは母に対する裏切りのように思えたからだ。

「結局、そのフミさんはその後どうなったの？　ずっと家にいたの？」

「一年もしないうちに縁談が決まって、家を出たらしいよ」

「縁談って」

「もちろん、事情は全部わかってのことらしいね」

「すごい」

「すごいよな。どこに嫁いだのかはまったく知らないけどさ。母さんの話では子供もできてずっと幸せに暮らしてるらしい」

「人生だわ」

一番フミのことを心配したのはトワだった。

妻として思うところは山ほどもあっただろうが、若い身空で勤め先の主人に手を付けられ死ぬほど思い詰め、さりとて他に行くところもなく、家に戻って針のむしろの様な生活をずっとしてきたのだ。

本当の胸の内は本人にしかわかりはしないが、トワがフミを忌(い)み嫌うようなところはまったくなかったとさき子も志乃子も話した。それどころか、フミを無視するさき子や志乃子を窘(たしな)めたりもした。「優しくしてあげなさい」といつも言っていたそうだ。

母であるトワのことを、さき子はあまり尊敬していなかったようだと、トワの孫である恭一郎も感じたことがある。無論母親なのだからそれなりに敬(うやま)いもし大事に思っていただろうが、長女故に母と一番接することが多かったのはさき子だ。一人の女として、人間として、良いところも悪いところも最も多く感じ取ってきたのだろう。たぶんフミの事件が大きなきっかけになって、さき子は母とは距離を置くようになったのではないかと志乃子は言っていた。出戻りである自分の境遇とも相まって複雑な感情がさき子の中で渦を巻いていたのではないかと。

順番通りに、次女の志乃子の話になる。

実は恭一郎にとって〈叔母〉というものを一番感じるのがこの、志乃子だった。気がつけばもう結婚して更屋家にいなくて、たまにやってきては恭一郎と一緒に暮らす叔母たちに歓迎され、そうして自分にも優しく時には小言も言ってくるがお小遣いもくれる文字通りの親戚の〈叔母さん〉が志乃子だった。

恭一郎が三歳のときに志乃子は結婚して、橋本志乃子となった。

夫になった橋本司は、更屋家のほぼ全員が通っていた近所の歯科医の息子だった。幼馴染みというわけではなく、結婚が決まるその十年前にそこにやってきて開業していた。歯科医院を開業するに当たっていろいろ探してここに辿り着いたのだ。小さなものだが当然庭もあったので更屋家に造園を頼んでいた。

語るほどの出会いではない。最初はただの患者と医師だったのだ。

八人姉妹というのはやはり近所でも目立つ存在ではあるが、志乃子はその中でも一際目立つ美人だった。特に歯並びは見蕩れる程に美しいとは橋本司の弁だ。ほぼ橋本司の、一目惚れに近かったらしい。

顔の美醜を語るのは野暮ではあるが、八人もの姉妹が並ぶとやはりそこは自然と目立ってしまう。

近所の誰もが「あの子は美人さんだから」と噂したのは姉妹の中でも次女の志乃子と、七女の喜美子、八女の末恵子の三人だった。どうして同じ親から生まれたのにこうも違うのかと悩んだのは五女の与糸子だ。志乃子が歯科医と結婚すると決まったとき祝福し喜びながらも、一番大きな溜息をついたのは高校生だった与糸子だ。

更屋原史は自分が浮気性だからかどうかはわからないが、娘たちの恋愛には寛容だった。女の子らしい躾けに関してはそれなりにうるさかったが、男女の仲に関しては周りでどうこう言ってもどうにもならぬものと思っていたらしい。

志乃子の夫となった橋本司は、原史とは正反対に糞が付くほどに真面目な男性だった。男女の云々に関してもまるで疎く古風で、付き合ってほしいと告白するのにも本人にではなく親を通さないと駄目だと考えるような男だったのだ。

休日にお邪魔したいとの手紙を受け取った更屋原史は、さて近所の歯科医が何の用かと訝しがった。そもそも江戸や明治の時代じゃあるまいし用があるのでお訪ねしていいかと手紙を寄越すこと自体に首を捻ったが、そこは歯科医とはいえ〈お医者様〉だ。お待ちしておりますと返事を書き、待った。

かちこちに畏まった橋本司がやってきて言うのは、志乃子にお付き合いを申し込みたいのでそれを許してほしいというものだった。

はて？　と、原史は首を傾げた。

お付き合いしているではなく、お付き合いの申し込みを許してほしいと言われたのは初めてのことで、このときばかりはすっかり仲も冷えていたトワと顔を見合わせ、互いに同じ感情を共有した。

この男はどれだけ糞真面目な男なのかと。

「それはまぁ、有難いお話です。私としては何も問題はないので、どうぞ本人にそう申してください」

ただし、お受けするかどうかは本人次第ですと付け加え、志乃子を呼んだ。

実は志乃子は、橋本司が何の用かわからないが家にやってくると聞いたときに「ひょっとしたら」という思いはあったそうだ。歯の治療をしに行ったときに、何かそういう雰囲気を感じていたらしい。

原史とトワの眼(め)の前で、橋本司は志乃子にぜひお付き合いをしていただきたいと申し込み、志乃子はまだお互いのことをよく知らないのだから、結婚を前提とはしないのであればと条件をつけ了承した。

そこからもさして語るほどのものもない。月に何度か一緒に出掛け、食事をし映画を観に行き互いにどういう人間なのかを語り合い理解し合い、波風も立つこともなく、半年後に橋本は結婚を前提にお付き合いをしたいと改めて申し込み志乃子は了承し、さらに半年後に目出度(めでた)く結婚式を挙(あ)げた。

双方の家でも結婚に反対の声はまったく上がらず、ごく平凡にしかし皆に祝福されて夫婦になり、志乃子は橋本志乃子になったのである。

結婚後、兼ねてから話していたそうだが志乃子は勉強して歯科助手となり、夫となった司と一緒に歯科医院で働き始めた。司は志乃子が専業主婦としてやってくれても何も問題はなかったのだが、何せ志乃子は賑やかな家で育ち、家の仕事も手伝ってきた。誰もいない静かな家でただ黙って夫を待つだけの暮らしにはきっとなじめない、と志乃子が申し出てそうなったようだ。

恭一郎は生まれてこの方(かた)虫歯になったことがない。それは特に手入れが良かったとかいうわけではなく体質だったのだろうと橋本司も言っていた。実際祖父である原史も考えてみれば虫歯になったことがないそうだから、遺伝的なものもあるのかもしれない。

　なので、義理の叔父（おじ）になった橋本司に治療されたことはなく、志乃子に言われて一年に一度か二度ほど歯垢（しこう）を取りに出向くぐらいだった。

　元々橋本司は腕の良い歯科医と評判だったらしい。そこに、美人の奥さんが入り歯科助手として働き出した。たとえ人妻だろうと見目麗しい（みめうるわしい）女性がいるという評判は〈橋本歯科〉の評判をさらに上げて、やってくる男性患者も増えたという。また、小さな妹たちの世話を長い事やってきた志乃子は子供の扱いも上手く優しいと、子供を連れてやってくる人も増えた。

　まさに、順風満帆満願成就（じゅんぷうまんぱんまんがんじょうじゅ）の結婚生活だったのだ。

「志乃子叔母さんは優しくて美人で結婚にも恵まれて、何の問題もなかったのね」

「いや、そうでもないんだ」

「そうなの？　どうして？」

「一度だけ、浮気の相談をされたことがある」

「浮気って、旦那さんの橋本司さんの？」

「いや、違う」

「違うって」

「かなり言いづらいんだけど、志乃子叔母さんの浮気」

「ええっ？」


さて、毎年正月にやってくるのは結婚して家を出た叔母だけではなく、その夫やその子供、つまり恭一郎の従弟妹たちも当然やってくるのだからそれはもう、大勢だ。

更屋家の敷地は広い。当然のように家も広い。二階はなく平屋の和風建築で、母屋一棟と離れ二棟がある。母屋の部屋数だけを数えても二十もある。離れはそれほど大きくはなく、いずれも三間ほどの小さなものだ。恭一郎は高校生になったときに静かな環境が欲しいと言って、この離れのひとつに一人で移り住んでいた。もちろん食事や風呂の度に母屋に行くのだが、十メートルも離れたところに一人で住むのはそれなりに独立心を満足させた。

そう話を聞くと大層豪華に思えるが、実際母屋も離れも建てられたのは明治の初めである。それから修繕に修繕を重ね大規模な改築がされたのも昭和の初めだと言うので、恭一郎が自分の環境に気を留めるような年齢になる頃には、古色蒼然とした家屋になっていた。大層広いと羨ましがられるが、冬になればただ寒いだけである。家に住んでいる人数もどんどん減っていったので、使っていない部屋は畳も換えずにいるからますます寒々しくなっていく。

原史もトワも亡くなってからは、姉妹が集まればいつ建替えをして小さな家にするか、余った土地をどうやって売って分割するかを話し合うのが常になっているが、まだ結論は出ていない。

恭一郎が叔母たちの微妙な関係に気づいた十三歳のときの正月を見てみる。


この日に更屋家の母屋の広間に集まり、四つも並べた座卓についていたのは祖父の更屋原史と祖母のトワ。

当時三十三歳のさき子に、一人息子の恭一郎は十三歳。

三十二歳だった次女志乃子と夫の橋本司とその子供、九歳の達也と八歳の美香。

新婚だった三十歳の三女万紗子と夫の吉田厚雄。

同じく新婚だった四女美津子と吉田満雄。

名字が同じなのは、双子だった万紗子と美津子は同じく双子だった吉田満雄と吉田厚雄と結婚したからだ。ただし、姉である万紗子は弟である厚雄と結婚し、妹である美津子は兄である満雄と所帯を持ったのでさらに話がややこしい。

二十八歳だった五女与糸子と夫の井上順次（いのうえじゅんじ）とその子供、三歳の杏子（きょうこ）。二十五歳だった六女加世子と夫の貝原健一（かいばらけんいち）とその子供、二歳の俊彦（としひこ）。七女喜美子はまだ独身で一緒に住んでいた。二十三歳で水商売をしていた。八女末恵子もまだ独身で一緒に住んでいた。このとき二十歳の美大生だった。

じっとしていないできゃあきゃあと遊び回る子供も含めれば合計二十人が揃っていた。もちろん、恭一郎は従弟妹の中で一番上なのだから、九歳の達也と八歳の美香、三歳の杏子、二歳の俊彦が常に傍（そば）にまとわりついていた。恭一郎もまた子供には優しいしっかりとした男の子だったので、面倒を良くみていた。「恭一郎にまかせておけば安心よね」とは、その後も従弟妹は何人も増えたのだが、叔母たちがいつも言う言葉だった。

お節の重が並べられ、スキヤキの鍋が三つも並び、多少景気が悪い年でも原史が張り込んだ高い肉が運ばれ、準備が整ったところで上座に座った原史が言う。

「では」

わいわいと話していた皆も、遊んでいた子供をそれぞれ呼んで座らせる。

「今年もこうして健康に皆で正月を迎えられたことを喜びたい。今年一年健康であるように」

毎年、同じ言葉で乾杯をして、そうしてすき焼きが始まる。
更屋家の一年が始まるのである。

二
kyoichiro
and
Seven Aunts

繰り返しになるが、更屋恭一郎には七人の叔母がいる。

その七人の叔母たちの、母を含めて八人姉妹の微妙な関係性にふと気づいたのは、恭一郎が中学一年生のお正月だ。いつもの年と同じように家を出た叔母も家族を引き連れてやってきて、賑やかに元日の夜の食事が始まった頃に、気づいたのだ。

「まぁそういうことに気づくきっかけになったのが、志乃子叔母さんだったんだよね」

「どういうこと？　そんなお正月に浮気の相談をされたの？」

「いやいきなりそんなんじゃなくて、最初は先生の話になったんだ」

「先生？」

「僕の担任の先生。中学のときのね」

少し恭一郎の話をしてみよう。

幼少のみぎりの恭一郎は一言で言えば〈まったく手の掛からない子供〉だった。

夜泣きがひどいとか偏食だとか我儘だとかおねしょが治らないなどといったものは一切なく、たくさんの叔母に囲まれて世話をされて、人見知りもまったくなく、いつもにこにこしている機嫌の良い可愛らしい子供だった。

後に自分の子を育てることになった叔母たちは「恭一郎はどうしてあんなに良い子だったのかしら」と自分の子供とのギャップに悩むほど、手が掛からなかった。

学校に通い出す年齢になってもそれは変わらず、快活でなおかつ優しい男の子となり、女の子にはとても人気があった。本人はまるで意識はしていなかったのだが、やはり女性ばかりに囲まれて育ったという環境は少なからず影響したのだろう。女の子同士の話題や考え方にも自然についてこられて、周囲に細かく気を配り、しかも、見目麗しいわけではないが形良く整った顔立ちの男の子なのだ。人気が出ないはずがなかった。

では男子からは、女子に人気があるということでやっかみ半分で嫌われたかと言えばそうではなく、男の子らしい遊びにも普通に参加し、勉強も運動もそこそこで極端に秀でていたわけではないので目立つこともなく妬まれることもなく、そこにいた。

何よりも恭一郎の家は広かった。家どころか庭も子供が十人走り回ろうとも充分すぎるほど広かったので、いつもクラスメイトたちの遊び場になった。さらには植木屋や造園業も営んでいたのだからその敷地内には小さな里山と言っていいほどのものや、当然林もあれば小川までも流れていた。

夏には川遊びや釣りや虫取り、皆を集めて自前の花火大会まで開催していたのだから、子供たちにとっては天国のような場所だった。

つまり、恭一郎は人気者だった。

だからといって偉ぶるわけでもなく、いつもにこにこして誰に対しても分け隔てなく仲良くし、楽しそうにしていた。

そういう恭一郎は教師にとっても非常に重宝する生徒だった。小学校からずっとそうだったのだが、中学に入っても、教師たちの恭一郎への信頼度は高く揺らぐことがまったくなかった。従って必ずクラスの代表になったのだ。

そして何故か、どんなに生意気なあるいは反抗的なあるいは扱いづらい生徒も、恭一郎の言うことなら素直に聞いたのだ。

何がそうさせるのか？　と、当然教師の間でも話題になる。

「まずもってあの笑顔が良い。いつも微笑んでいるかのような顔にさらに笑みを浮かべるとまるで天使のようだ」と評した教師がいた。

「声も良い。高すぎず低すぎず、それでいてほんのわずかにかすれフラットしているような声音は女性の母性をくすぐりかつセクシーに聞こえ、その逆に男性には女性的に聞こえる」と言ったのは音楽教師だ。

「立ち姿が良いんだ。彼の姿勢の良さは強制したようなものではなく、ごく自然な理想的な立ち姿なんだ。それが立ち居振る舞いに上品さを与える。彼の全身骨格を見たいほどだ」と頷いたのは体育教師だ。

もちろん恭一郎は天使などではなく、ごく普通の男子だった。当たり前に悩み妄想し人並みにいろんなことにつまずく男の子だったが、それが顔や態度にまったく表れなかったのは生まれつきの性質だったとしか言い様がない。

今でも当時の関係者が時折思い出し話題に上る出来事がある。

恭一郎が中学に入学した頃、上級生には不良グループがあった。絵に描いたような不良だった。制服を着崩し、他校と喧嘩をし、煙草を吸い、昼間に薄暗い店にもたむろするような連中だ。

そのリーダーが、恭一郎の近所の子供だった。小学生の頃には恭一郎ともよく遊んだ仲間の一人だったのだ。

噂には聞いていたし偶然に出会ってその着崩した制服の凄さに眼を丸くしたこともあったが、恭一郎は彼のことを避けるようなことはなかった。

ごく自然に、友人として校内でも声を掛けたのだ。何の邪気もなく彼の名前を「篤ちゃん！」と呼んだのだ。


「怖くなかったの？」

「いやそりゃあ怖かったよ。僕とは違う人種になっちゃったんだなーって」

「それなのに声を掛けてたの？」

「だって、友達だったからね」

「そういうところ、恭一郎くんって無敵よね。感心というか、感動するわ」

「自分じゃ普通だと思ってるんだけどね」

その当時、学校は学校周辺の清掃に取り組もうとしていた。まだボランティアなどという言葉も浸透していなかった時代だ。あちこちにアパートやマンションが建ち始め、昔ながらのご近所付き合いというものが薄れていった時代。周辺の環境を良くすることは校内の規律を律することにも繋がると、生徒たちに定期的に学校周辺の道路やドブ川の掃除をさせようとしたのだ。

当然、生徒たちは嫌がる。反発も起こる。積極的に参加する生徒と嫌々やる生徒たちの間に溝もできる。余計に問題を抱え込むようなものだと懸念した恭一郎の担任だった明石慶人は、恭一郎に密かに頼んでみた。「大坂篤たちにも一緒にやろうと声を掛けてくれないか？」と。

むろん、半分以上は、いやほとんど期待はしていなかった。恭一郎は素直に声掛けをしてくれるだろうが、あいつらが言うことを聞くはずがないと。

ところが、恭一郎に誘われた大坂篤たち不良グループは、全員がそれに応じたのだ。「恭一郎が一緒にやるならやってやるよ」と。しかも、ドブ川の掃除に必要な長靴やゴム手袋なども自分たちで自宅から持ち込み、積極的に始めたのだ。

そういう不良グループの結束力は高い。仲間意識は必要以上に強いのだ。そして、物事は、勉強以外の話だが、やるとなれば徹底的にやるのだ。

恭一郎を中心に彼らは文字通りのドブ川だったものを川さらいをした。単に浮かぶゴミを拾うだけではなく、川底に溜まった汚泥をもさらうようになった。関係者に話をしてその処理もお願いした。むろん、無料奉仕でと話をつけた。

その様子は新聞記事にもなった。

あの不良グループが、と、当然のように普通の生徒たちは驚き、そうなると自分たちも頑張らなければ、あるいはやらないとばつが悪いと思う。学校を挙げての〈清掃隊〉が組織され、スケジュールが組まれ、〈美化活動〉という名のもとにひとつの大きなうねりとなっていった。園芸部などは歩道に花壇を造ることまで行った。

この活動は今も恭一郎の母校である中学校に残り、生徒たちは朝早くから周辺の道路の掃除活動をしている。

恭一郎が作ったようなものだ、と、今も覚えている教師や同窓生たちは多いのだ。

そういう恭一郎をある意味では上手に利用した明石慶人は、恭一郎が在学当時は四十歳ほどのベテラン教師だった。

要領が良い、と言えば褒め言葉になるかもしれないが、明石の場合は面倒臭がりなだけだった。教師にとっては致命的な欠点かもしれないが、生来の勘どころの良さがそれを救っていた。つまり、面倒臭がりなので色々と手を抜くのだが、その抜き所と押さえ所が実に当を得、あるいは的を射ていたので決してサボっているようには見えなかった。的確に仕事を進めるように見えていたのだ。実際、教師間での評判は良かった。何をやらせてもそつなくこなすが、お堅い人間ではなく話せる男。何かを相談しても的確な指示や示唆をもらえる。そういう評判だった。だから、実際のところは優秀な教師だったのだろうが、内面は、ひどい表現をするのなら、舌先三寸で世の中を渡っていく詐欺師のような性質の男だった。

ただ、子供の中には、つまり生徒の中には敏感な子供もいる。そういう子は大人が持つ狡さのようなものを自然と感じ取ってしまう。従って、生徒の間ではいつも評価が分かれていた。良い先生という生徒もいれば、あいつはひどいよと思ってしまう生徒もいる。

何よりも、その年まで独身というのが物語っていたのかもしれないが、彼は女癖が悪かった。

もちろん、まだ中学生である自校の生徒に手を付けるなどという鬼畜のような人間ではない。そこもきっちりと間違えない男だった。ホステスなどとの遊び癖があったのだ。夜の街を誰よりも把握していたと言える。

教師にあるまじきものではあるが、そこは勘も要領も良い男だった。決して学校や父母に噂されるようなことはなかった。仮にあったとしても「まぁ独身だからね」で、済まされるようなものだった。

決して美男ではなかったが、男としての艶があったのだ。だからこそ商売女も遊ぶ気になる。騙されたとしてもしょうがないかという気になる。世の中にはそういう類いの男がいるのだ。ある意味では更屋原史と同じ種類の人間かもしれない。

お正月、家を出ていった叔母たちが家族を引き連れて続々と家にやってくる。

恭一郎も更屋家の跡取りとして皆を迎えて新年の挨拶をして、嬉しそうにしがみつきあるいはまとわりついてくるいとこたちの相手をしていた。もちろん、皆に貰えるお年玉が何よりも嬉しいという子供らしいところもあった。

中学生になった恭一郎が急に子供から少年あるいは男の子に、いや〈男らしさ〉の匂いを醸し出し始めていたことに叔母たちは皆が皆驚いていた。本当に子供の成長は早いわねぇと話していた。

家族揃ってのすき焼きによる夕食には当然のようにお酒が出る。原史はもちろん叔母たちの夫、橋本司、吉田満雄、吉田厚雄、井上順次、貝原健一たちもそれぞれに酒には目がなかった。ましてや原史は見栄っ張りでもあるので、正月の酒はこれぞと思うものを仕立ててくる。どんな美味い酒を用意してくれるかが夫たちの楽しみでもあったのだが、それ以上に彼らは麻雀好きだった。ただし、糞が付く程に真面目だった橋本司だけはにこにこしながら見ているだけだった。

夕食の席では好きな酒をほんのりと味わう程度にして、その後皆で卓を囲むのだ。

母屋の広間の隣の隣には既に麻雀卓が用意してあり、夜を徹して牌を握るのも更屋家の正月の恒例行事になっていたのだ。

とはいえ、小さな子供たちが起きている内はそれぞれ一家の長たる顔を保つために、これも広く皆が羨ましがる更屋家の檜をふんだんに使ったお風呂に、子供たちと一緒に入ったりもする。久しぶりに会えたいとこたちとさんざん騒いでお風呂でも騒いだ子供たちは、やがて母親たちが寝かしつける。皆で一緒の部屋で布団を並べて眠れるのも、子供たちにとっては楽しみのひとつではあった。

燗にした酒やウイスキーや氷が運ばれ、つまみも用意され、男たちの夜は始まる。牌をかき回す音と煙草の煙と笑い声が部屋を満たす。その隣の隣の広間では更屋家の女たちが入れ替わり立ち替わりして、男たちに呼ばれて足りないものを運んだりの世話をしながら交代でお風呂に入ったり、久しぶりに姉妹同士の話をしたり、正月番組を横目で見たりとこちらはこちらで存分に正月の夜を楽しんでいた。

恭一郎は小さい頃から麻雀の牌をかき混ぜるあの音がどうも苦手だった。生理的に受け付けないと言えばいいのか、遠くから聞こえる分には単なる雑音として処理できるが、一緒の部屋の中で聞くのは堪えられなかったので、麻雀部屋に近づくことはほとんどなかった。そして中学生となったので大人の中でただ一人、早寝しなくてもいい子供として広間で叔母たちと一緒に過ごしていた。

基本的には好きなテレビを観ながら、時折話しかけてくる叔母たちの相手をしながら夜を過ごしていたのだ。

志乃子が何を考えてその一言を発したのかはわからない。

たまたま偶然が与えたひとときだった。

お風呂に入りに行った叔母がいて、寝ている子供たちの様子を見に行った叔母がいて、男たちの様子を見に行ったまま帰ってこない叔母がいて、そうしてたまたま広間に恭一郎と志乃子が残った。

志乃子には九歳の達也と八歳の美香がいた。達也は元気な男の子で、それはそれで結構なことだし悩んでいるという程でもなかったが、少しばかり元気過ぎるところがあった。まだいじめなどという概念もない時代だが、どうやら少しガキ大将であるらしい達也について、恭一郎の意見を聞いていた。

「大丈夫じゃないかな」というのが恭一郎の見解だった。達也は確かに元気過ぎるところがあるが、一緒に遊んでいても妹である美香のことを気にかけるところがある、と、恭一郎は感じていた。優しいお兄ちゃんなんだと思っていたのだ。それを志乃子に言って安心させてやっていた。

「そういう気持ちがある男の子は、大丈夫だよ」

志乃子は志乃子でその言葉に少しばかり感動し、「あぁやっぱり恭一郎はそういうのに気づける男の子なんだわ」と思い、少しばかり姉のさき子を羨ましく思った。こういう男の子なら手間も掛からなかったのにと微笑んだ。

「ねぇ、恭一郎」

そう志乃子が言い、続けてこう言った。

「明石先生は、どういう先生なの？　学校では」

叔母である志乃子が恭一郎の担任である明石先生を個人的に知っているのは、不思議でも何でもない。彼もまた志乃子の夫である橋本司の歯医者の患者だったからだ。

つまり、あからさまにその手のことを想起させる表現をしてしまえば、彼女は明石の口の中に指を突っ込んだこともあるのだ。ほんの十数センチの距離まで顔を近づけたことは何度もあるのだ。

実際、恭一郎も学校で明石と志乃子の話をしたことがある。

「昨日、歯医者に行ったので叔母さんに会ったぞ」「あ、そうですか」という程度のものだが。

だが、恭一郎はそういう話をしたときに何かを感じていたのだ。

明石の表情と言葉の裏にある何かを感じてしまった。

恭一郎がことさらそういう男と女のものに敏感な性質の子供というわけではない。むしろ鈍感なぐらいかもしれない。

小学生の頃からずっとクラスの人気者である恭一郎を慕っていた女の子はたくさんいた。その年頃の女の子は男の子よりずっと大人だ。おしゃまさんだ。まだバレンタインデーなどという風習が出来上がる前なので、直接恭一郎に打ち明けるような女の子はいなかったが、誕生日に何かしらのささやかなプレゼントを持ってくる女の子はたくさんいたのだ。

だが、恭一郎はまったく無頓着だった。小学生の男の子など大体そんなものではあるが、恭一郎は人一倍だったかもしれない。子供らしくない微妙な気配りができるくせに、こと自分のことに関しては、惚れたはれたというものにはその感性が動くことはなかったのだ。

それなのに、そのときは感じたのだ。

(志乃子おばさんと何かあったな)

中学生になっていたので、男女の云々もようやく理解していた。大体はませていた同級生の男子からの知識だ。その同級生にしてもせいぜいが本や何かからの知識だ。

自分が感じてしまったことにも驚いたが、まさか志乃子叔母さんが、と驚いた。真面目な叔母さんだと思っていた。母であるさき子もかなり真面目な女性だと思っていたが、志乃子叔母さんは叔母の中では誰よりも、そういう意味ではお堅い女性だと思っていたのだ。

それは、当時一緒に住んでいた喜美子（きみこ）や末恵子（すえこ）との比較でよく理解できた。姉妹でこんなにも性格が違うんだなというのは、中学生になってからはひしひしと感じていたのだ。

七女である喜美子は、肉感的な女性だった。誤解を恐れず慣用句のようになっている表現をするなら、男好きのする女性だった。当時は二十三歳だったが、早くから夜の世界に足を踏み入れ、そのときには既にホステスとして働いていた。とにかくさばけた叔母だった。冗談ではあるが、中学生になったばかりの恭一郎に、笑いながら酒や煙草や女性経験を勧（すす）めるような女性だった。

もちろん、母であるトワや父である原史が、自分の娘がホステスというものを職業にするのを簡単に許したわけではない。成人して家を出ていたのならまだしも、一緒に暮らしていたのだ。恭一郎の教育上も悪いと思っていたが、その辺（あた）りのごたごたは後からまた語ることになる。

八女である末恵子は、違う意味で喜美子と似た奔放な女性だった。そのときは二十歳で美大に通う学生だった。幼い頃から美術、つまり絵を描くことや何かを造ることに関して才能を発揮していた。小学校や中学校の頃は美術コンクールなどでも金賞や市長賞などというものも貰っていた。早くから女性が一人で、自分の才能だけで生きていくという生き方を模索するような叔母だった。当時は誰もが眉を顰めそんなことできるはずがないと考えていた、海外に行ってアーティストとして一人で生きるという方向性まで視野に入れていたのだ。

つまり、七人の叔母の中で、この二人だけが異質だったのだ。女というのは結婚して家庭に入り夫を支え子供を育てしっかり家を守っていくものだ、などという男尊女卑的な保守的なものをとことん嫌っていた。それを無自覚に受け容れ自分の人生だと思っている他の叔母、つまり姉たちを馬鹿にしていた部分もある。

とはいえ、そこはやはり姉妹なのだからことさらそれを表に出すことはしなかった。しなかった分、大人の世界へ少し歩み出した恭一郎にははっきりと告げていたのだが。

それもあり、恭一郎は七人の叔母たちの個性をしっかりと見極めることができるようになっていた。それまでの〈叔母さんたち〉ではなくて、〈志乃子おばさん〉〈まーさおばさん〉〈みっつおばさん〉〈与糸子おばさん〉〈加世子さん〉〈喜美子さん〉〈すーちゃん〉と、それぞれ違う女性としてはっきり意識できるようになっていた。呼び方の違いは、それぞれの叔母から「そう呼んで」とリクエストされたものだ。末っ子の末恵子だけは、いちばん年齢が近いこともあって小さい頃からそう呼んでいたものがそのまま定着した。

「つまり、そこで二人が浮気をしてるってことを感じ取ってしまったのね？」

「はっきり言えばね」

「でも、事実として摑んだわけじゃなかったんでしょ？」

「いや、摑んだんだよ。志乃子叔母さんはそう言ったんだから」

「その場で？」

「その場で。相談されたって言ったじゃん」

「何考えていたの志乃子叔母さんは。中一だったんでしょ？　恭一郎くんは」

「何だろうねー。何か切羽詰まったものがあったのかなぁ」

志乃子から「先生はどういう先生？」と訊かれた瞬間に、恭一郎は思わず志乃子をまじまじと見つめてしまった。

本人はさり気なくしたつもりだったのだが、恭一郎にはそうは聞こえなかったのだ。明らかに、その声音の裏側にはいつもの志乃子叔母さんとは違う色が見えた、いや、聞こえたのだ。

叔母ではなく、女としての志乃子が見えたような気がしたからだ。

多少、驚いてもいた。

明石に訊かれたときには「何かあったな」という程度のものしか感じなかったのだが、今、志乃子に訊かれてはっきりとわかった。

(二人は、秘密を共有している。それはつまり)

浮気してるんだ、と、思えたのだ。もちろん、何故自分がそんなにはっきりと感じ取れたのかも理解できなかったのだが。

志乃子もまた驚いていた。

急に真剣な表情になって自分を見つめる恭一郎の、その瞳の中に見えたある色合いに驚き、そうして自分が失敗してしまったことも悟ったのだ。

(この子は、気づいた)

同じように一瞬で理解してしまったのだ。

志乃子が恭一郎の担任である明石とそういう関係になってしまったのは、そのお正月の晩から五ヶ月程遡ったときのこと。

恭一郎が一年生最初の夏休みの頃だ。

二人が知り合ったのはそれからさらに三ヶ月も遡った五月頃だ。前にも言ったように最初は普通の歯医者の歯科助手と患者としてだった。

一番初めの会話は「もしかして更屋恭一郎の担任の明石先生ですか?」「あ、そうです」といったものだ。面白くも何ともないが、ごく普通の会話だ。

「私、叔母なんです。恭一郎の」

そこで明石は初めてこの歯医者が、腕がいいと評判だったのでわざわざ遠くからやってきたここが、自分が担任している更屋恭一郎の義理の叔父がやっているところなのだと知ったのだ。

初めて志乃子を見たときに、明石は直感していた。「この女は落ちるな」と。

女性にしてみるとその場で殴り倒したくなるような考えではあろうが、世の中にはそういう男がいるのだ。ただ、前にも述べたように明石は癖で、あるいは性癖からそう思っただけでどうこうしようとその場で決めたわけではない。決して誰彼構わずという男ではないのだ。あくまでもホステスとかしか相手にしてこなかったのだから。

ましてや、担任している生徒の叔母とそういう関係になってしまったのなら、自分の教師生命を危うくし兼ねない。それがわからないほど頭が悪いわけではなかった。

さらに言えば明石はこうも判断した。

この女性は何かしらの、ある意味では性的な不満を抱えていてちょっと転がしてやればすぐにでも落ちて自分のものになるが、その後が面倒になりそうだから絶対に手を出しては駄目だなとも思ったのだ。

何という汚らわしい、あるいは傲岸不遜なと思うだろうが、そういう男なのだからしょうがない。そして、実は志乃子は見抜かれていたのだ。まさに、不満を抱えながら毎日を過ごしていたのだ。ある意味見事な眼力だと明石を褒めてもいい程に。

志乃子の夫の橋本司は結婚前は糞が付く程の真面目な男だったのだが、結婚してもそれはまったく変わらなかった。

歯科医師という自分の職業に使命感を持って毎日を過ごしていた。かといって、仕事一筋で家庭を顧みないかと言えばそうでもなかった。妻になった志乃子を愛し、二人の子供を愛し、良き家庭人としてもまったく問題のない男だったのだ。欠点をあえて探すのならばやはり真面目過ぎるということだろう。真面目であることは決して欠点ではないのだが、何事も度が過ぎれば多少は歪んで見えてくるものだ。

彼は、橋本司は子供が出来てからというもの、ほとんどまったく志乃子を抱かなくなっていたのだ。

それは、子供が寝ていようとも何かの拍子に起き出して、夫婦の営みを子供に見られてしまっては教育上よろしくないという思いからだった。

これにはきっかけがあった。長男である達也が三歳、長女である美香が二歳のときに、二人がぐっすり寝ていたから大丈夫だろうと二人で営みを始めたのだが、達也が起きてきてしまったのだ。幸いはっきりと見られる前に気づいたので事無きを得たのだが、これ以来橋本司は志乃子を抱くことを止(や)めてしまったのだ。

それははっきりと口に出されたわけではなかった。彼は真面目ゆえに妻とその手の話をすることを恥ずかしがった。言わなくてもわかっているだろうと思ってしまったのだ。

もちろん志乃子も理解していた。夫が自分を抱かなくなったのはあの日からだから、子供の教育上のことだろうと思っていた。自分としても夫婦の営みを子供に見られるなんてことを考えるだけで恥ずかしくて死にそうになるので、考え方としては賛成だった。

ただ、自分でも驚いたのだが、疼(うず)くものはあったのだ。

女癖の悪い父のことがあったので、志乃子自身、性への嫌悪感みたいなものは多少抱えていた。この当時の女性は多かれ少なかれそうだったかもしれない。嫌悪感とまでは行かなくても女性が抱かれたいとはっきり誰かに意思表示することなどは、まるで娼婦のようだと思っていた。

貞淑（ていしゅく）な妻、というものがまだ誰もの心の中にあった時代だ。抱いてもらえないことを不満に思うことさえ罪だと思っていた。

少し大袈裟（おおげさ）ではあるが、志乃子は悶々（もんもん）として何年間も過ごしていたのだ。その気持ちを抑え込んでいた。

それが、明石と出会ったことで噴き出してきてしまったのだ。

誰かに相談できていたら、志乃子も思いとどまった部分があったかもしれない。しかし、夫に先立たれその後も決して再婚しようとしなかった姉のさき子には相談できなかった。できるはずもなかったのだ。ましてや妹たちは論外だった。父の女癖の悪さに愚痴ひとつ言わずに何十年も過ごしてきた母のトワは言うに及ばずだった。

家族に八人も女性がいるのに、誰にも相談できない。愚痴をこぼせない。それがかえって、拙（まず）かったのかもしれない。

志乃子は子供を産んでからは歯科医院の手伝いは最小限に留（とど）めていた。ほぼ子育てに専念していたのだ。さほど離れていないところに住んでいた夫の母ともうまくやっていた。志乃子の代わりに雇った歯科助手の坂田泰子(さかたやすこ)が休む日には、義母に家のことや子供のことを任せ、仕事をした。ごくたまに、姉であるさき子や母のトワに子供の世話を頼むこともあった。

つまり、子供を抱えても、何の問題もなく主婦と夫の手伝いである歯科助手の仕事を続けることができていた。

明石がやってきたのも、そういう日だったのだ。

泰子が休みを取った日に、明石が患者としてやってきた。その日で三回目だった。三回目で初めて、偶然に志乃子と出会ったのだ。

最初の会話の後に、余計なことを明石は言った。

「あぁじゃああなたが先生の奥さんでしたか」と。

「そうなんです」と、志乃子は反射的に明るく答えた。それは何でもない会話のように思えたし、もし隣で橋本司が、あるいは他の第三者が聞いていても何とも思わなかっただろう。

明石も何も考えていなかった。夫婦でやっているという話は聞いていたので、それまでの二回の通院の際には坂田泰子が奥さんだと思ったのだ。それはただそう思っただけなので、口に出しても言わなかったしその後も特に会話はなかった。ただ、患者と歯科助手としての会話があっただけだった。

なので、そうかこの人が奥さんだったのかと、思い、それが教え子の叔母だというので気さくに会話をしただけだった。

ところが、志乃子は余計なことを考えてしまったのだ。

それは明石が帰った後にだ。

帰る前にも二人は、もちろん橋本司がいるときにも、気軽に会話をした。恭一郎の話題をしていたのだ。恭一郎が学校ではどんな男の子だとか、最近の子供について、あるいは自分の子供について。そういう話題を続けた。

治療を終えて明石が帰った後に志乃子は考えていた。

（明るくて気さくで良い先生だわ）と。

ああいう先生が担任なら恭一郎も安心ね、などと叔母として思っていた。

ふいに、その言葉が浮かんできてどこかを軽く突いた。

〈あなたが先生の奥さんでしたか〉

それはつまり、明石先生はこれまでの二回、泰子を妻だと思っていたということだ、と理解した。

（どうして？）

何でそんな風に思ったのだろう？

夫と泰子さんが夫婦に見えたのだろうか？

何故夫婦に見えたのだろう？

二人がそんな様な素振りを見せたのだろうか？

二人で仲良くしていた？　あるいは？

悪魔が囁いた瞬間なのだろう。志乃子の頭の中は、心の内がそういう思いで一杯になってしまったのだ。

冷静に考えればどうということもないのに、一度そういう思いに囚われてしまうと抜け出すのは難しい。ましてや、志乃子の中には女として疼くものがずっと眠るように横たわっていたのだ。

男の人が性欲を我慢できるものだろうか？　と、今まで考えようとしていなかった思いが浮かび上がってきてしまった。

真面目な夫を信頼はしていたが、夫だって男だ。あの父と同じ種類の男という人間なのだ。

夫は、この小さな歯科医院の中で、ほぼ毎日泰子と二人きりなのだ。常に患者がいるわけではない。ぽっかりと空いてしまう時間帯もあるし、丸一日患者が来ない日だってないわけではない。

そんな時間に、二人が何をしているのか。

そう思ってしまった。

泰子は確かに二十五歳と若い女の子ではあるが、決して美人ではない。むしろ地味で平凡な顔立ちの女の子だ。よく気のつく仕事の出来る女の子ではあるが、決して男の気をそそるような女性ではない。

だが、そんなのは問題ではない。

フミのことを久しぶりに志乃子は思い出してしまった。父だって、あの女としての魅力などこれっぽっちも感じられなかったフミちゃんに手を出したのではないか、と。

志乃子の中の妄想はもう誰にも止められなかった。

(きっと、明石さんは何かを見たのだ。感じたのだ)

二人が夫婦だと誤解するような何かを。

そう結論づけてしまった。

それからの志乃子の行動は素早かった。まず、明石の住所と電話番号をカルテからメモした。

自分がとんでもないことをしようとしているという自覚はなかった。

確かめたかったのだ。安心したかったのだ。

自分の心に芽生えたこの疑惑を打ち消したかった。打ち消してくれるのは明石先生しかいないと思い込んでしまった。

明石に会って、訊けばきっと笑って言うに違いない。

「いやぁ、何の意味もありませんよ。夫婦でやってる歯医者だと聞いていたので、そう思っただけです。勘違いだったんですね」

そう言ってくれるに違いないと志乃子は思っていた。願っていた。

だから、明石に電話をして、お伺いしたいことがあるので、誰にも見られないところで会いたいと告げたのだ。

三
kyoichiro and Seven Aunts

「結局、恭一郎くんの中学の担任が志乃子さんと、その、やってしまっていたのね」

「はしたない言い方ですね。そうだけどさ」

「とんでもない先生だわ。学校にバレるようなことはなかったの？」

「志乃子さんとのことはバレなかった。でも明石先生はまったく別件で学校を辞めたらしいよ。僕が卒業して二、三年後だったかな」

「何をやらかしたの」

「生徒のお母さんに手を出して修羅場になったって」

「そういう男はどこまでいってもそういう男なのよね。恭一郎くんは大丈夫でしょうね」

「だからどうして僕に結びつけるの」

結論から言ってしまうと、恭一郎の叔母であり次女の志乃子は、当時の恭一郎の担任だった明石慶人と身体の関係を持ってしまっていたのだ。

それは志乃子が明石に電話して、誰にも見られないところで会ってお聞きしたいことがあると約束し、初めて二人きりで会ったその日のことだ。

明石は明石で最初からその気があったわけではない。そこは何度も言うが勘も要領も良い男だった。自分の生徒の叔母とそのような関係を持ってしまってはさすがに拙いと判断し、電話中にも〈誰にも見られないところで二人きり〉はさすがにどうかと言ったのだが、志乃子の切羽詰まった様子に断り切れなかった。ならばと場所は堂々とホテルでと指定したのだ。しかも、市内の一流のホテルだ。そこに部屋を取ってもらって中で待っていてもらえればこちらから顔を出します、とした。

一流のホテルだけあって広く大きく人の出入りは多い。喫茶室やレストランも多くあったので、たとえば志乃子が出入りしても何の疑問も持たれない。もちろん、明石もだ。

志乃子が先に部屋を取り、そこを明石が訪ねれば、エレベーターホールの構造上誰か知り合いに見られる可能性はかなり低かった。そもそもが逢引に使うようなホテルというイメージはまったくなかったのだ。そういう説明を受けて、志乃子も了承した。

ホテルの一泊分のへそくりぐらいは充分にあったし、実際志乃子も地元のホテルなので宿泊こそしたことはなかったが、食事や友人たちとの会合で何度も利用していたので不都合はなかった。

実は明石もそのホテルをよく利用していた。こちらはもちろんホステスとの逢引に、であり、さらに言えば費用はほとんどの場合が女持ちだった。

そこから先の事柄を詳しく話してもどうということもない。ただ、そういうことになってしまったというだけだ。世間に数多ある人妻と浮気男の云々になってしまう。

明石は明石で女に不自由している男ではなく、志乃子と懇ろになってしまってもこの女をこのまま自分のものにしよう、などという気はまったく起きなかった。これっきりにしましょう、とこれまたどこにでも転がっていそうなありきたりの台詞を言ったのも明石だった。

この女は、志乃子はすぐに落ちると最初に会ったときに確信したのと同じように、いざ身体を合わせ枕を並べてあれこれと話をして、この女とは深入りしない方がいいと判断した。

その理由のひとつとして、志乃子は自分ではまったく気づいていなかったのだが、性に関しては相手次第でいくらでも奔放にそして貪欲になれる女性だったのだ。普段の大人しく真面目で貞淑な妻という一面も確かに志乃子なのだが、違う志乃子も身体の奥には眠っていたのだ。

明石は豊富な女性遍歴からすぐさまそれに気づいた。これがもし、何の関係もない女だったらそのまましばらくは逢瀬と、自分が〈女の性〉を開発する楽しみに浸ったのだろうが、そこは勘どころを押さえた男だ。担任をしている生徒の叔母では、どうしようもない。深みに嵌まるのは危険過ぎる。

志乃子はもちろん、もう会わないようにしようという明石の提案にすぐさま頷いた。

自分はどうかしていた、と、思った。

不貞を働いてしまったのだ。

真面目な夫である橋本司に申し訳ないという気持ちがふつふつと湧いていた。何ということをしてしまったのかと、泣き崩れそうになる自分を必死に抑えていた。

ただ、文字通り憑き物が落ちたような部分もあったのだろう。意外とそういうものだ。雨降って地固まるというのはこういう場合に使う言葉ではないが、ニュアンスとしてはそのような感じだった。

何の迷いもなくなったのだ。明石に対して感謝するような気持ちさえ持ってしまったのは、不自由のない家庭に育った世間知らずの部分が出ていたかもしれない。世慣れた女性ならば、明石のような男には塩を撒くことがあっても感謝などはしないだろう。

何はともあれ、志乃子の浮気はその一回切りで終わった。

ところが、明石にとっては大勢の遊んだ女の一人にしか過ぎず、その一回切りの逢瀬のこともすぐに忘れていってしまったのだが、志乃子はそうではなかった。

夫以外の男を覚えてしまったのだ。しかも、夫である司は相変わらず自分を抱いてくれることはなかった。憑き物が落ちたとは言え、自分の身体に印象深く刻まれたそれは中々忘れられるものではない。

だから、お正月に恭一郎と二人きりになってしまったときに、つい、訊いてしまったのだ。「明石先生は、どういう先生なの？　学校では」と。そのときのことが意識から薄れることがなく、恭一郎のことを思えば自然と明石との逢瀬を思い出し、女としての自分を意識してしまう。

それが、恭一郎にも伝わったのだろう。

だからこそ恭一郎も　叔母ではなく、女としての志乃子を見てしまい、つい、訊いてしまったのだ。「明石先生と何かあったの？」と。

動揺した志乃子は恭一郎に口止めするためにも、後で恭一郎の部屋で何もかもを話してしまった。そこは本当に正直で素直な女性なのだ。聡明な恭一郎に対して、誤魔化したりしては駄目だと思ってしまったのだろう。

そういうわけで、恭一郎は中学一年の正月早々、叔母と担任の先生の秘め事を聞かされる羽目になってしまったのである。あまつさえ「私のせいで恭一郎が肩身の狭い思いをしたらどうしよう」と心配されたり、「これからどうやって罪滅ぼししたらいいのかしら」と涙交じりに相談までされてしまったのだ。

そんなとんでもない出来事が自分の身に降り掛かっても、動揺したり慌てたりしないのが恭一郎だった。

むろん、驚いてはいたのだが、そうやって誰にも言わないでほしいと相談された以上は秘密にして自分にできる限りのことはする。そう考える男の子だった。

その辺りは祖父である更屋原史の、頼られれば誠実に精一杯応えるという気質を受け継いだのかもしれない。女癖ばかりを強調してしまうが、同時に原史は頼れる男でもあったのだから。

「もう二度と会わないことだよね」

志乃子に恭一郎はそう言った。罪滅ぼしする第一歩としてはそれしかないと。残念ながらそのときの恭一郎には自分で口にした〈罪滅ぼし〉というのは今ひとつしっくりこなかった。それはそうだろう。まだ男と女の何たるかも経験していない子供だ。浮気という概念は理解していても、女の肌を感じたことすらもない。

それでも、要するに友人同士で反りが合わなくなった者同士を二度と関わらないようにさせるのと同じことだと理解した。

「先生にも僕の方で釘を刺しておくよ」

恭一郎のその言葉に志乃子は目を丸くした。

「何言ってるの。駄目よそんなの。私があなたに話したってわかってしまうじゃないの」

「そこは、上手くやるよ。バレないように、二度と先生がそんなことをしないようにさ」

爽やかな笑顔でそう言う恭一郎を、志乃子は躊躇いながらも信用して頷いた。

この子は、父の孫なのだと、更屋の直系なのだと思っていた。女癖の悪いところを除けば実行力も行動力もあり、そして頭も切れる父の血を引いた男の子なのだと。

前にも話したように恭一郎は教師たちから絶大なる信頼を得ていた。

一年生にして早くもほとんどの教師たちが〈あいつに任せておけば何も問題はない〉との認識を抱いていたのだ。もちろん、明石もその例に漏れなかった。委員長としての恭一郎を信頼し、恭一郎の言うことならば無条件に信じてくれていた。

　そしてもちろん恭一郎もそれを知っていた。自分はそんなに優秀でも凄い人間でもないとは常に思っていたが、そんな風に思われているというのをきちんと理解していたし、普段の生活から教師たちのことをよく観察していた。

　これも恭一郎の特質なのだ。人間観察に長けていた。決して場の中心になる男ではないが、いつでも自然にそこにいて皆に受け容れられるというのはそういうことなのだ。

（あの先生は、割と扱いやすいよな）

　恭一郎は担任である明石のことをそう思っていた。そう言うと恭一郎が底意地の悪い計算高い人間のようにも思えるがそうではない。学校の成績こそ普通だったが、〈人として頭の良い〉子であり、〈よく見ている〉子だった。本人はまるで自覚していないし自分のその能力を何かに使おうなどとも考えていなかったが、間違いなく、言ってみれば〈人たらし〉だったのだ。

　つまり、周囲の人間がどういう人物かをきちんと把握し、自分に有益な人間を仲間として、贔屓衆のように取り込んでいくことに長けていたのだ。恭一郎の周りにはいつも大勢の友人たちが集まっていたのはそういうことなのだ。

もちろん、まったく無自覚に。

それを自覚して欲望のままに使うのなら確かに大した悪党にも大物にもなったのだろうが、そんなことはまるで考えていなかった。ただ、自分が大丈夫だと思った相手には真正面から正直に思いを伝えれば、それはきっと相手にもきちんと理解してもらえるはずだと思っていたのだ。

恭一郎と同じクラスに酒井喜一（さかいきいち）という男子生徒がいた。

彼の家は駅前のいわゆる盛り場のど真ん中だった。飲み屋ではなく、三代続く老舗（しにせ）の蕎麦（そば）屋〈福蕎麦〉だったのだ。表側の店側の玄関は国道に面して隣はパン屋さん、反対隣は靴屋さんだったが、裏の小路（こうじ）にある自宅の玄関口の向かい側には小さな飲み屋がずらりと軒を並べていた。

酒井喜一の部屋はその玄関の真上にあり、窓を開ければ、いや開けなくても夜ともなればネオンライトがいつでもちかちかと部屋を照らしているような環境だった。仲の良かった恭一郎もその部屋に泊まったことがあるのだが、眼にも耳にも賑やかな部屋でよくこんなところで勉強したり寝たりできるな、と感心したことがある。ネオンサインだけならまだしも、飲み屋のドアが開くとそこからは嬌声（きょうせい）やカラオケの大音量が小路に響き、酒井喜一の部屋にも届くのだ。

そういう環境に育った彼だから、夜の街には免疫があった。あったというよりそこが自分の生活圏であり縄張りだった。ホステスやバーのマスターや怪しげな店のオーナーも彼のことを〈福蕎麦〉の息子と知っていて、顔馴染みだった。日曜日には店を手伝い出前に走ることもあったので、小路を走ればそこここから「きいっちゃん元気ー?」と声が掛かっていた。

だからと言って、そういう環境が彼の性格や行動に、他の普通の住宅街に住む生徒とは違い悪い影響を与えたかというとそうでもない。むしろ、酒井喜一は真面目な男の子だった。蕎麦屋の手伝いをきちんとして、なおかつ蕎麦屋で忙しく働く両親に代わって洗濯や風呂掃除などを小さい頃からしていた。そうやって働くことが喜一にとっては当たり前の日常だったのだ。

そこは、夜の街。

華やかではあるが辛くも厳しくもある。そういうところで懸命に働く人々が集うところだ。実際、酒井喜一は夜の商売の人たちの昼間の顔をよく知っていた。ホステスが実は子育てに懸命になる母親だったり、マスターが老いた両親の面倒を見る真面目な中年男だったり、ヤクザ者が野良猫に毎日餌をやったりしているのを見ていたのだ。テレビや漫画でそういう夜の街に働く人たちのことが悪く描かれると「そうでもないんだけどなぁ」といつも思っていた。

人格形成に環境は大きな影響を与えると言うが、子供にとっては良くないと思える環境が逆に良い影響を与えることもあるのだろう。

そして彼は、明石慶人の女癖の悪さを知っている、いや聞いている生徒の一人だったのだ。当人たちを除けば、彼が唯一の人間だったと言っていいかもしれない。

何せ実際に明石と身体を合わせ懇ろになったホステスの一人から話を聞いていたのだから。「あんたの担任はろくな男じゃないから見習わないようにね」と。

そしてそれを、全てではないが、恭一郎に漏らしていた。

「明石って、ダメだよきっと」

そういう風にだ。それを恭一郎も覚えていた。酒井喜一は真面目であり同時に陰口を叩くような少年ではなかったのでその話は広まってはいなかったが、確かに明石の行状を把握していた。

恭一郎は喜一が明石の何かを知っているんだと考え正直に志乃子の話をした。もちろん、喜一がその話を他人に話すはずがないと信じていて、喜一もそれに応えたので何も問題はなかった。

その結果。

明石慶人は冬休み明けに差出人の名前がない奇妙な封筒を受け取った。しかもその封筒は学校の封筒だった。表に書かれていた自分の住所は明らかに筆跡を隠すような書き方だった。

何が入っているのかとおそるおそる開けた明石が封筒から取り出したものは、一枚の紙切れだった。便箋でもない、白紙のノートをちぎったものなのか、何の紙なのかわからないような紙切れ。

そこには、かつて関係したホステスや商売女の名前が数人分書かれ、さらには『知っているぞ』と一言書いてあった。

明石がぞっとしたのは言うまでもない。

自分の勤める中学校の封筒に入っていたのだ。その封筒が使えるのはもちろん教職員のみだ。許可なく生徒が黙って持っていけるものではないし、許可を取ったとしてもどこへ送るのかは学校側がきちんと把握する。と、いうことは、この封筒は教職員の誰かが送ったものということになる。さらに、当然のように悪意のあるものだと理解した。

その効果を強いて恭一郎は確かめなかった。封筒を送ったのはもちろん恭一郎だが、自分が何かを確かめようとしてはきっとどこかでボロが出る。だからこれ以上何もしないで動かない方がいいと判断していた。

仮に明石が手紙を出した人間を確かめようとして、名前の挙がった女性たちに訊き回ったとしてもその女性たちが喜一の名を出すはずがないと確信していた。それぐらい喜一は飲み屋街の皆に好かれていたからだ。万が一、喜一から漏れたとわかったとしても明石は喜一には何もできないだろうと思っていた。問い詰めたりしたのなら、そこから一気に自分の行状が明るみに出ることにも繋がり兼ねないからだ。

それは、ある意味で恭一郎が明石という教師を信頼していたからだ。いや、どこまでも明石という男を理解していたというべきか。

恭一郎は、中学の頃からそういう考えを巡らせることのできる男だった。

付け加えると、封筒は恭一郎が職員室の棚からちょろまかしてきたものだった。何せ絶大なる信頼を得ている恭一郎だ。職員室を堂々とうろちょろしても、誰にも咎められないし気にもされなかった。なおかつ恭一郎は決して品行方正なだけの優等生というわけでもなかったのだから。

「まぁそういう人だとは思っていたけれど、中学の頃からだったなんてね」

「何だか悪党のように言わないでよ。あくまでも先生を懲らしめるためと志乃子おばさんを安心させるため。いわば善意からなんだから」

「あなたの善意ってときどき神様のように傲慢(ごうまん)なときがあるから気をつけてね。過ぎた行動は身を滅ぼすって何かで読んだ」

「気をつけます」

「それで？　順番としては次は双子の叔母さんよね」

「そうだね。まーさおばさんとみっつおばさん」


　七人も叔母がいる恭一郎だが、その内本当に〈親戚の叔母さん〉と感じるのは次女の志乃子ぐらいであり、三女から下は中学生になるまで一緒に、もしくは高校を出て大学進学で一人ぐらしを始めるまでずっと暮らしていたので〈叔母〉というよりは〈姉〉という感覚だ。感覚としては〈姉〉なのだが、向こうは〈叔母〉として接してくる。そのギャップもどこかで恭一郎の人格形成に何かを与えたかもしれない。

　三女の万紗子(まさこ)と四女の美津子(みつこ)は双子だった。

　双子ならではのその佇(たたず)まいの愛らしさに、近所でも評判の二人だった。一卵性双生児ということもあり容姿も声も瓜二つだったが、性格も実によく似ていた。

　双子でも性格は全然違うということももちろん世間ではあるのだが、この二人はまさしくどこをとっても同じだったのだ。笑い方も泣き方も、成長の仕方も考え方も寸分違わず同じだった。もちろん、着る服も同じでないと気が済まなかった。

　あまりにも同じなので、母のトワは「この子たちを無理に離そうとしない方がいい」と思い、どちらかが言い出すまで寝床も部屋も全部同じにしていた。学校でも二人は同じクラスにしてくださいと頼み、実際その通りになった。小学中学と二人は同じクラスで九年間を過ごし、部活動も何もかも一緒だった。

　それが二人にとっては当たり前だったのだ。そうでなくてはならないと、何故か物心ついた頃から思っていて、その考えが揺らぐことは一切なかった。おそらくは死ぬまで同じなのだろう。

〈双子の姉〉という感覚だった万紗子と美津子は、きっと一生ずっと仲良しなんだろうな、と、幼い頃の恭一郎も常々感じていた。何せずっと一緒に住んで毎日顔を見て話しているのに、まったく見分けがつかない。同じ食卓を囲んでご飯を食べていても、眼の前に並んでいる二人のどちらが万紗子か美津子かわからないのだ。二人が互いに呼び合うのを聞いて、「あぁこっちがまーさおばさんか」と気づくほどだ。

　頼むからせめて家にいる間は区別がつくようにしてほしいと恭一郎が頼み込み、カチューシャやヘアバンドの色でわかるようにしたこともある。暖色系が万紗子で寒色系が美津子というように。

二人の性格を一言で、今風に言えば〈不思議ちゃん〉となるのだろうか。あるいは〈天然〉とでも言うべきか。当時のことなので単純に「あの二人は変わってるから」で済まされていた。

どう変わっていたか。

恭一郎がよく覚えているのは彼が小学三年生の頃の夏だ。

その頃、万紗子と美津子はもう二十五、六になっていた。高校は出たものの後に述べる目標のために、二人はずっと実家で暮らしていた。家業を手伝うことはもちろんあったし、父の原史の知人の会社で手伝いをしたりして、それなりに社会人としては世に出てはいた。そして当然ながら、いつ嫁に行くのかという話も出る。

八人もの娘がいて、顔の広い原史のところには見合いの話がよく舞い込んでいた。それなりに成功していた商売人のところの、見目麗しいかどうかは別にして、とりあえず若い娘ばかりなのだからやたらとたくさん話はあった。

万紗子と美津子にも当然のように、二十歳を過ぎても相手がいないと知ると多くの見合い写真が持ち込まれていた。

二人は決して美人ではなかった。

かといって不細工と陰口を叩かれるようなものでもない。十人並みというよりは、あまり世間にはいない顔立ちと思われる場合がほとんどだった。

美の基準というのは時代によって変わっていく。ひょっとしたら価値観が多様化した現代のここに二十歳の頃の二人がいたならば、実に個性的な顔立ちの〈美人〉として、しかも双子として女優にも個性派のタレントにもなれたかもしれない。あるいはあの時代でも海外に行けば東洋のエキゾチックな女性などと思われ、モデルや女優などにもなれたかもしれない。

そんな二人だが、見合いをいつも断ってきた。二度、三度ならばまぁまだ早いとかしばらくは好きにさせろで終わっていたのだが、さすがに二十五、六にもなると父である原史も気にしだす。

何故見合いのひとつもしないのか。

そもそもこの二人は彼氏を作らないのか。そういえば高校生の頃から誰それさんと仲が良いとか、そんな話のひとつどころか欠片(かけら)も上がってこない。

「お前たちはまさか男に興味がないのか？」

そうも訊いた。まだホモとかレズとかゲイという言葉さえ拡がっていない時代。同性愛という概念はあってもそれはそうではない人の間ではとんでもないタブーであった頃だ。いくらさばけた人間である原史とてもそれなりの覚悟を持って万紗子と美津子に問い質した。もしもそうならば受け容れるしかないと。

たまたま、恭一郎はその場にいた。ただ居間で本を読んでいただけなのだが、大人の話をするからと遠ざけられることはなかった。跡取り候補として家の中のことは何もかも把握していた方がいいと原史が考えていたせいだろう。

万紗子と美津子は互いに顔を見合わせ、笑った。

その所作ひとつひとつがまるで鏡合わせのように同じに動く。家の人間はもう馴れてしまっていたが、知らない人が見たなら双子とはこんなにも同じように動くものなのかと感心したろう。

そこで二人は初めて父親に打ち明けたのだ。

前にも言ったように、二人は三十歳で同時に結婚した。万紗子は吉田厚雄と、美津子は吉田満雄と。そう、双子の吉田兄弟と結婚したのだ。年齢的には当時にしては晩婚だったのだが、理由がある。

お察しの通り、同じでなければならないと二人は考えていたのだ。

何もかも同じじゃなきゃ駄目なんだと。

自分たちは双子なのだから、結婚する相手もそっくり同じの双子じゃなきゃならないと、中学生の頃から決めていたらしい。もちろん、同じ日に結婚する。できれば子供も同じ日に産みたいぐらいだがさすがにそれは無理だろうと言って二人で笑った。

原史は、同席していたトワも、さすがに呆れてただ口をあんぐりとするだけだった。

「ということは、お前たちにはそっくりの双子の見合い写真を持ってこないと駄目というわけか」

「もしくは、私たちが見つけます」

声を揃えて、同じタイミングで万紗子と美津子は言った。傍らで聞いていた恭一郎はまるで映画の台詞みたいにぴったりだと感心して、同時にこの二人は間違いなく双子と結婚するんだろうと思っていた。彼女たちの意志の強さを、恭一郎は幼心にも感じていたのだろう。

呆れ返った原史だが、同時に二人の意志の強さは理解していたのですぐさま友人知人に声を掛けた。

〈そっくりの双子の良い独身男はいないか。もちろん、二人ともに〉

しかし、そうそういるはずがない。いたとしても互いに双子の女性と結婚しようと思っている男など気持ち悪いではないか。そう思って半分以上諦めていたのだが、世の中とはよくしたものだ。

いたのだ。

吉田満雄と厚雄が。

吉田兄弟の生い立ちはそう目立つものではない。ごく一般的な家に生まれた。父は公務員で母はパートで働くこともあったがおおよそ専業主婦だった。兄弟は二人きりだ。万紗子と美津子のように外見は実にそっくりな双子で、違いと言えばほくろぐらいだったが性格はかなり違っていた。

兄の満雄は社交的で、弟の厚雄はその反対に物静かな男性に成長した。選んだ職業もまたその性格に沿ったものだった。

満雄は大学卒業後商社に就職したが、自分で稼ぐことの楽しさを見つけて退職し飲食店経営に着手し、そこそこ成功していた。厚雄は大学院に進みそのまま大学講師の職に就いた。見事に正反対だった。ただ、共通していたのは理想の伴侶についての考え方だ。

満雄は成功した自分をよく知っていて、そういう金銭的に恵まれた暮らしに魅かれて来るような女と一緒にはなりたくなかった。真面目にこつこつと地味に働き自分たちを大学まで出してくれた父親と母親を尊敬していたのだ。だから、結婚相手にはそういう人がいいと思っていた。

厚雄も同様だ。自分は学問や研究にしか向いていない。そこにしか興味がない。しかもとことん地味な性格だ。まだ〈暗い性格〉という概念もあまり広がっていない時代なので、〈地味で内気な男〉と自己分析していた。だから、一緒にそういう暮らしに寄り添ってくれて自分をサポートしてくれる女性がいいと思っていた。

基本、一致していたのだ。

幼い頃は割と喧嘩も多かった二人だが、社会に出るようになってからは仲良く酒も飲むようになった。そして、互いにいい女性と巡り合いたいなと話していたのだ。男同士なので下ネタも含んだ女性像の話はよくしたが、別に双子と結婚したいとは考えていなかった。

ただ、見た目の理想に関しては似ているなと感じていた。テレビで良く見る女優やタレントで誰がいいかという話になると、ほぼ同じ人をいいなと感じていることがわかったのだ。「そこはやっぱり双子か」と、互いに苦笑していた。

「お見合いだったの？　お二人は」

「いや、それが偶然の出会いからの恋愛結婚」

「双子同士の出会いって、しかも揃って独身なんてそうそうないと思うけど」

「あったんだねそれが。人生は不思議だよ」

「どこでどうやって出会ったの？　聞かせて」

「食いつくね」

万紗子と美津子はすぐ下の妹、五女の与糸子の様に学校の成績が飛び抜けて良いわけでもなかった。かと言って八女の末恵子の様に美術など芸術方面に才能があるわけでもなかった。学校の成績で言えば可もなく不可もなく普通だったのだが、ただひとつ、図抜けて興味を示し、優れた感覚を発揮する方面があった。

美術品、骨董品の方面だった。

更屋原史の父、つまり恭一郎の叔母たちの祖父である更屋源造は商売人として成功した人物ではあるが、同時に趣味人でもあった。書道や茶道、華道などに通じ、それに伴い多数の美術品、骨董品を蒐集していた。

更屋家にはそういう源造が集めた軸や茶器、様々な古いものが多数あったのだ。一時期は大きな蔵に溢れんばかりのものがあったのだが、商いが立ち行かなくなった時期に多数が売られていった。それでも、恭一郎が小さい頃には小振りの蔵の中と、源造の部屋だった十二畳と八畳の続き間の押し入れ、さらに床には足の踏み場もないほどに数々の骨董品が詰め込まれ折り重なっていた。あまりにもたくさんだったので、そこの間には子供が立ち入り厳禁になっていたほどだ。

今現在の恭一郎の部屋にもその中のひとつが残っている。

話によると、中国の清時代の〈亀〉の焼き物で、実にユーモラスでありながら精緻な焼き物だ。出すところへ出せば五十万は下らないと言う。小さい頃からその姿を気に入っていたので、一人暮らしを始めるときに貰ってきた。いざというときには売って何かの足しにしろと原史に言われたが、今のところはそんなつもりはない。自分にもし子供が生まれたら譲ってあげようと考えている。

万紗子と美津子はそういったものに多大な興味を小さい頃から示し、親しんでいった。大きくなるにつれて美術史なども研究するようになり、家にある本物と偽物を判断できるようにもなっていった。休みの日には二人であちこちの骨董品屋や、美術館、博物館の類い、さらには祖父や父の知人の粋人を訪ねて所蔵品を見せてもらいに歩き回り、審美眼を養った。

何でも一緒の二人だったのだが、そういう日々を過ごす中で万紗子は焼き物に特に興味を示し、美津子は絵画や書などに通じていった。

つまり、二人の将来の夢は決定的になったのだ。

「骨董品の店を開く」

これで、二人の目標はぴたりと定まった。

〈家にある祖父が残した骨董品を主な品にして、いつか二人で【更屋骨董品店】を開き、双子の旦那様を見つける〉

そうやって死ぬまで二人で一緒に協力して暮らしていく。

それを事あるごとに口にしていたのだ。

良いふうに捉えれば、二人は早くから独立心に富んだ姉妹だったと言える。

「双子の姉妹がやっている骨董品店ってとてもキャッチーじゃない。審美眼のある仲の良い姉妹だったのね」

「そういうこと」

「双子と結婚するっていう目標は確かに若干(じゃっかん)引く部分もなきにしもあらずだけど、お店に関しては問題はないんじゃない」

「ところがね」

「あったの？　まさかW不倫とか？」

「いやそっち方面じゃない」
「そっち方面、って？」
「男じゃなかったら、金だよね」

万紗子と美津子以外の叔母で、祖父が残した骨董品に興味を示す者はいなかった。あればあったでいいし、なければないで構わないという人間ばかりだ。そういう意味では更屋家の女性はほとんどが鷹揚な女性ばかりだった。

だから、万紗子と美津子が残されている骨董品で商売をしたいと言い出したときに、姉妹たちからは反対の声はまったく上がらなかった。美術に才能を示していた八女の末恵子が「あれだけは大好きなので残しておいてちょうだい」と、二、三点の掛け軸を示したぐらいだ。それじゃあ私はあれ、私はあれ、と、それぞれが一、二点ほどを祖父の形見として貰い受けてそれ以外はどうぞ、という話になっていった。

あれだけ、小さい頃から古くさいものが大好きで、独学で色々と学びそれ相当の知識も身に付け眼力も審美眼もあったのだ。二人がそれで生きていくというのならそれはそれでいい。応援してあげたい。全ての姉妹がそう思った。

問題は、残された骨董品にはかなりの値打ちの品があったということだ。

そして、原史の父である源造の子供は、原史だけではなかったという点だ。つまり、相続人として名乗りを上げる人間は他にもいたということである。

四
kyoichiro
and
Seven Aunts

何度も繰り返すが更屋恭一郎には七人の叔母がいる。

その七人の叔母たちの、つまり母を含めて八人姉妹の微妙な関係性にふと気づいたのは、恭一郎が中学一年生のお正月だ。いつもの年と同じように、結婚して家を出た叔母も家族を引き連れてやってきて、賑やかに元日の夜の食事が始まってしばらくした頃に、気づいたのだ。

「なるほど。代々お金持ちの家には相続を巡る骨肉の争いが付き物ってことね」

「横溝正史の小説みたいに言わないでよ。うちはそんな金持ちじゃないんだから」

「普通のご家庭に比べたらはるかにお金持ちよ。それで？　万紗子叔母さんと美津子叔母さんの商売に口出ししようとしたのはどなた？」

「祖父ちゃんの妹の糸さん」

「いと？　針と糸のいと？」

「そう、そして祖父ちゃんの弟の簡治（かんじ）さん」

「七人の叔母様たちから考えると、文字通り叔父（おじ）さんと叔母さんたちね」

「そうそう」

「叔父叔母ばっかりで混乱してくるわ」

もうひとつの更屋家、つまり原史（もとし）の弟である更屋簡治は一言で言えば放蕩（ほうとう）息子だった。商売の才に長（た）け人望もあった長男の原史に比べると、学業の面でも人柄の面でも数段落ちたところにいたのは間違いない。幼い頃はそれほど特徴があった子供ではなく、ごくごく普通の男の子だった。だが長（ちょう）じるに連れて、家が裕福なのをいいことに学業もおろそかにただただ遊び歩くようになったのだ。

古くから馴染（なじ）みにしていた料理屋に入り浸り芸者をあげ夜毎（よごと）宴会を催した。当時はまだ存在していた売春宿で何日も過ごした。むろんその放蕩ぶりを黙って見ているほど源造（げんぞう）も原史も甘くはない。更屋の名前で金を使うことを禁じ、無理やり家の商売の手伝いをさせた。

させたはいいが、真面目（まじめ）に働くことはなかった。とにかく勤労意欲というものがまったくない。ちょっと眼を離すとどこかで寝ころんで煙草を吹かして休んでいる。さりとて他所に出して迷惑を掛けてしまっては更屋の名前に傷もつく。唯一の長所は酒を飲んで暴れたり、所構わず喧嘩を売るというような乱暴者ではないという点だった。むしろ、陽気で明るい酒で友人を増やしていたので、その点だけは更屋家の血を感じさせた。だが、それだけだった。何の能力も感じられないこの男を、この先どうしたらいいかと悩みの種でもあったのだ。

更屋源造も決して商売を兄弟二人でやれとは言わなかった。簡治は信用第一の商売にはまったく向いていない。そうは言ってもこのまま家においてぶらぶらさせるわけにもいかない。

結局源造は、家を出る金だけは出してやるから後は好きにやれと放り出した。ただし、更屋の名前で商売だけはするな、と。簡治もまた自らそれを望んだ。

出来の良い兄貴に張り合ってもしょうがない。自分は自分で好きなことをするさ、と、家を出ていった。それで成功したのならばさすが更屋の息子かと言われただろう。あるいはそれなりに真面目に生きてきたのならば男として家を出ればそれなりになるのだな、と見直されたろう。

だが、簡治という男の性根は、色んな意味で変わっていた。

とにかく真面目に働くのは馬鹿らしい、自分にはまったく向いていないと、更屋の敷地内にある川の端に釣り堀を造った。その脇に自分の家を建てた。出来上がった釣り堀と家はそれなりに見えるものが出来上がり、そんなに大金を与えた覚えはない源造が問いただすと口八丁手八丁で金を集め仕上げたらしい。

その辺りはさすがに更屋の血を引いた男なのかもしれない。箇治はそこで〈釣り堀屋の親父〉として暮らし始めた。もちろん〈更屋〉の名前は使わずに〈箇治釣堀〉という名前だった。

釣り堀などどうやろうとそれほど儲かる商売でもない。しかし、元手はタダだ。自分の家の敷地内の川から魚を獲ってきて釣り堀に放せばそれでいい。しかも場所的に何かと来やすい便利な場所だったのか、繁盛することなどはなかったが、客が絶えることもなかった。箇治一人が暮らしていく分には充分な稼ぎがあったのだ。

日がな一日、軽く酒を飲みながら釣り客の相手をしていればいい。時には自分で釣りもする。魚がいなくなってきたら川に釣りに行く。釣り堀の魚に餌をやる。客が使うところはきれいに掃除する。陽が落ちれば営業も終わりで、さっさと飲みに行けばいい。

更屋箇治はそうやってずっと生きてきたのだ。

女とは遊ぶが、結婚はしない。その日の飯代と酒代が稼げればいい。他に大した欲もない。死ぬときは一人で釣りでもしながら息を引き取る。そうしたらそのまま堀に落ちて魚の餌になってちょうどいい。

常日頃からそう言って、更屋家に顔を出すこともまったくなかった。

源造が死ぬ際には「自分にはできない生き方だ。あれはあれで更屋の男だったのかもしれん」と言い残したほどだ。

確かに、ある意味では大した男だったのかもしれない。

恭一郎はこの大叔父に当たる箇治と会ったことは数回しかなかった。それも、川の側(そば)でばったりと会うぐらいだ。

「恭一郎か、さき子の息子か」と声を掛けられ、釣り竿(ざお)を渡されて釣りに付き合ったことはあった。そういうときの箇治はただにこにこと笑いかけ、ほとんど何も言わずに隣で釣り竿を垂(た)れていたらしい。

一方、原史の妹の糸は、堪(こら)え性(しょう)のない娘だった。

娘なのだからと幼い頃から色んな習い事を源造はさせたが、どれひとつとして長続きしなかった。癇癪(かんしゃく)を起こすのだ。習字をさせれば上手(うま)く書けないと筆を振り回し、お花をさせれば香りが嫌だと花びらを毟(むし)り取り、とてもこの子の面倒は見切れませんと放り出された。学校でも教室にじっとしていることはほとんどなく、そういう子供に寛容だったあの時代の先生方も手を焼いてばかりだった。

だが、糸は決して性根の悪い子というわけではなかったのだ。男の子と一緒に野山や川を飛び回り遊び歩いてはいたが、自分より小さな子供たちの面倒はよく見ていた。家の手伝いも、布団上げや洗濯や庭の掃除という身体を動かすものは積極的にやっていた。

見方を変えれば活発な、活動的な、じっとしているのが苦手な女の子というものだったのだ。

だが、そういう女性がもてはやされる時代ではない。女はお淑やかに慎ましやかにという時代だ。

当然のように縁談話などやってくることもなく、糸もそんなものは望んでいなかった。源造も糸はこのまま家に置いて家業の手伝いをさせておけばいい。幸い簡治と違って身体を惜しみなく使って働くことは好きなのだから、それはそれでいいだろうと。

しかし世の中はよくしたものだ。

源造の知人で、元々は魚問屋だったがその魚を使って小料理屋などを多く営んでいた中橋勝乃進が、糸の江戸っ子のような気っ風の良さを買い、店をひとつやってみないかと声を掛けたのだ。大人になるにつれて癇癪を起こすことはなくなった。男勝(おとこまさ)りでちゃきちゃきと元気に働くのは、小粋(こいき)な小料理屋ではなく、もっとざっかけない小料理居酒屋とでも言うべきものの女将(おかみ)にぴったりだと考えたのだ。

　これが当たったのだ。

　身体を使って仕事をする男衆が集まる店の仕事で、糸は水を得(え)た魚のように働いた。客にも糸の気っ風の良さは受け入れられ店は大繁盛した。

　そうして、糸の稼ぎだけで二軒目の支店を出すほどになり、さらには中橋勝乃進の三男である杉作(すぎさく)と恋仲になり、目出度(めでた)く夫婦となったのだ。残念ながら子を生(な)すことはなかったのだが、夫婦で独楽鼠(こまねずみ)のように一緒に働き、店は五軒を数えるほどになっていた。

　糸もまた実家である更屋家に顔を出すことはあまりなかった。それは決して不仲とかではなく単純に忙しかったせいだ。だがしかし、恭一郎のことは何故(なぜ)か可愛がり、時折店に呼んでは手料理を食べさせていた。恭一郎も気さくで気取りのないこの大叔母のことは好きだった。

　その二人が、万紗子と美津子が骨董品店を出すという噂を聞きつけ、久しぶりに家の敷居を跨(また)いだのだ。

糸は五年ぶり、簡治に至っては十八年ぶりという珍事だった。

「それは、要するに二人とも骨董品を売って金になるものなら自分たちにも分けろ、ってこと?」

「そういうこと」

「それはまぁ当然の権利よね。自分の親が遺したものなんだから」

「まぁね。でもさ、その頃二人ともちょっとばかし、経済的にきつかった時期だったんだって」

「あら」

込み入った話ではない。

更屋家に数多くある骨董品は父親である源造の遺した遺産なのだから、自分たちにも受けとる権利はある、という簡治と糸の主張はもっともなものだった。確かにその通りだと、皆が頷いていた。

しかし、可愛い姪が人生の門出である店を出すというときにいきなり何年ぶりかでやってきて、言ってみれば金の無心をするというのは叔父叔母として、いや人間としてどうなのだ、という思いも皆にはあった。

当然、原史は長男としてそう戒めた。

「生活に窮しているのなら、俺が少しばかりは貸そう。それでいいんじゃないか」

原史がそう言うと、簡治と糸は一瞬考えたが、首を横に振った。

「借りた金は返さなきゃならないじゃないか」

簡治が言うと、それは当然だと原史は頷く。

「今の家の金は俺が汗水垂らして稼いだ金だ。決して親父の遺産じゃない。それを貸そうっていうんだから、たとえ弟妹でも返すと、せめて約束ぐらいはするのは当たり前だろう。もちろん、利子など取らん。返済期間も煩いことは言わん。返す余裕ができたときでいい」

「それはまぁ有難いお話ですけどね兄さん。あの骨董品を売ったお金は私たちが貰えるものじゃないの。返さなくてもいいお金なのよ」

その通りだと簡治も頷いた。

「じゃあお前たちはあくまでもあの骨董品を全部売って金にして三等分しろと言うのか。お前たちは俺の娘たちの将来を潰すために来たのか」

「そこまでは言ってないじゃないの」

こういう話の常(つね)で、いつまで話し合おうと埒(らち)が明かない。ましてや兄妹なのだからそこに遠慮も何もない。大体お前たちは小さい頃から云々(うんぬん)、そう言う兄さんだって云々と昔話を交(まじ)えて口論が始まりどんどん長引いていくのだ。摑(つか)み合いの喧嘩にならなかったところは、更屋家の資質かもしれない。基本的に荒っぽい性格の人間はいないのだ。

お前たちは顔を出すなと父である原史に言われていたが、何せ自分たちの将来にかかわることなのだ。万紗子と美津子が頃合いを見計らって、おずおずと話し合いの場の客間に入ってきた。

それは決して、父親と叔父叔母が自分たちのために口争いをするのを気に病(や)んだわけではない。それも多少はあったが、箭治も糸も別に自分たちのことを嫌いなわけではないのは知っている。むしろ、可愛がってくれていた。だから自分たちが顔を出していれば、叔父叔母も引きどころを考えてくれるのではないかという計算もあったのだ。

案(あん)の定(じょう)、二人が顔を出すと箭治も糸もばつが悪そうに苦笑いを見せた。しかし、一度立てた幟(のぼり)を引っ込めるわけにもいかない。

それで、万紗子と美津子は折衷案(せっちゅうあん)を出したのだ。

「どうでしょう箇治叔父さん、糸叔母さん。私たちもいくら叔父さん叔母さんの言うことでも、もうすぐ店を開けるということで大人しくはいそうですか、と頷くわけにもいきません」

「でも、確かにあの骨董品の数々は、叔父さん叔母さんたちに引き継ぐ権利がありますす。ですから、こうしたらどうでしょう」

二人で台本があったかのようにすらすらと交互に喋っていく。大体にしてこの二人と会話をする者は、たとえそれが親の原史やトワであっても、その立板に水の如くの交互会話に口を挟むタイミングを失ってしまうのだ。

「骨董品というものには売り時というものがあります。たとえどんなに価値のあるものであっても、市場の流れというものを見極めて売らないと大損をしてしまうことがあるのです」

「市場の流れというのは、つまり骨董品の種類によっても違います。絵画なら絵画、磁器なら磁器、掛け軸なら掛け軸、それぞれに時代と制作者の〈流行り廃り〉があるのです。たとえば今は磁器なら中国の唐時代のものがとてもよく持て囃されています。ですからそれを売るなら今なのです」

「でも、あと一年待てば世の中の景気もさらに良くなって、美術品をもっと買おうというお金持ちがたくさんその気になると思います。すると、売り時をもう一年待った方がいいということになります。美術品の業界では景気が良くなると洋画日本画の類(たぐ)いがぐんと値上がりします。今ここにある洋画日本画を売っても景気が良いときの半分ぐらいになってしまうはずです」

「つまり、世の中の景気の流れをきちんと見極める必要もあるのです。ですから叔父様叔母様。ここは全(すべ)て私たちに任せてくれませんか。店を開いて顧客(こきゃく)を増やし、今売り捌(さば)いて、叔父様叔母様に現金に換えて渡してしまうよりも数倍、数十倍の金額にして返してみせます」

「それでも、全部をお父さん叔父様叔母様で三等分というのは私たちの商売の将来を潰し兼ねないものになってしまいますから、一人十品というのはどうでしょう。どれを選ぶかは叔父様叔母様にお任せします。好みのものを十品選んでください。それの今の値段をお知らせします。時機を見て売ってその十倍の金額にしてみせます」

「それまでは、どうでしょう。今の経済状態の危機は、父が用立ててくれるというお金で当座を凌(しの)いでいていただけませんか。もちろん、そのお金を返してもなおお釣りが来る金額にしてみせますので」

原史も篤治も糸もまったく口を挟めなかった。ここで更にごたごたしない、させなかったというのは、まぁ箇治も糸も結局は善人だったという話だろう。万紗子と美津子を可愛い姪だと思っていたということだ。

多少文句を言ったのは五百も千もあるかという骨董品のうち、十品というのはあまりにも少ない。百はどうだ、いえそれでは商売に差し障りが出てきますので二十では、いやそれなら八十だ、と、まるで競りのような交渉が数分続き、結局のところ四十品で落ち着いた。

その場で簡単な誓約書を書き、原史が金を用立て、事は丸く治まった。

「でも、それって、要するに万紗子叔母さんと美津子叔母さんが、うまく二人を丸め込んだってことになるんじゃないの」

「その通りだね。祖父ちゃんも感心していたらしいよ。この二人は商才があるって」

「やっぱり血筋ってあるのねぇ」

「言っておくけど僕には商才はないからね」

「それはわかってる」

それ以外は、万紗子と美津子が骨董品店を開くまでに支障はほとんどなかったと言っていい。原史の知人の不動産屋が市内や近郊のあちこちの空き店舗や空き家を紹介してくれて、これというのを二人で決めた。

それは若い女が二人で商売を行うのには少しばかり環境が悪いのではないかという、隣町の盛り場の外れの一軒家だった。それも、当時にしてもかなり古い空き家だったのだ。これはどうにもならないのではないかという原史に二人は笑って言った。

「古いものには古いものです」

もちろん豊潤に予算があるわけではない。万紗子と美津子は更屋で働く男衆の中からとりわけ器用な、つまり大工の心得がある人間を選んで手伝ってもらい、家の補修を始めた。それも大規模なものではない。空き家はその時代の日本家屋だった。大工が一からしっかりと建てているから家の土台も造りもしっかりしている。きれいに掃除をして見栄えをよくしてやれば充分に甦ると二人は踏んでいたのだ。

事実、お店の部分が出来上がったからと更屋の家から骨董品の数々を運び込む際に、一家総出で手伝いに行ったのだが、店の造りに思わず眼を見張った。黒光りする床に年代を感じさせる重厚な柱。骨董品としての風格はもちろん、品格までも兼ね備えたようなものに大変身していた。それも、お金はほとんど使っていない。大工代わりに使った男衆へのお礼ぐらいだ。聞けば造作の指示は全部二人がして、材料はほとんど更屋の敷地内の使えない木を切り出し使ったと言う。

大したものだと皆が話した。やはりこれは更屋の血筋なのだろう。この万紗子と美津子が男であれば、家業を継いでますます発展したに違いないと。

屋号は〈八螺叉骨董〉となり控えめな看板が掲げられた。どういう意味かと皆が問うと、何の事はない〈さらや〉を引っ繰り返し、〈やらさ〉としてどこか怪しげな雰囲気の漢字を当てただけだと。

そうして、二人のひとつの夢は割とあっさりと叶った。

どうなることかと心配する原史の思いを他所に、商売は十二分に軌道に乗った。何せ、美人とまではいかないが双子の娘が商いする骨董品屋だ。ひやかしにやってくる客は後を絶たなかった。

さらに万紗子と美津子は骨董になど興味はなく、ただのひやかしの客でも買えるようなたくさんの動物を象った陶磁器や根付けなどを多数用意した。もちろん、高い骨董品などではない。そこらの店で二束三文で売っていて、庶民がひょいと気軽に買える程度のものだ。

犬、猫、猿、亀、蛙、その他諸々。動物を象ったそういうものは山程ある。双子という題材を扱ったものもできるだけ安いものを揃えた。当然その中には高いものもしっかりと仕入れてある。

「お子さんのお土産にどうですか」と万紗子や美津子がそっくりな顔と声で同時に言い、にっこり微笑めば「どれ話の種に」と誰もが一つ二つと買っていった。

それを持ち帰った買い物客が「双子の娘がやってる骨董品屋で買った」と話の種にする。そうすると好奇心を持った別の客がやってくる。その中にはお金持ちもいれば骨董に興味のある人間もいる。今で言う口コミの効果だ。

〈八螺叉骨董〉は界隈でも有名な店となっていった。

そうなると、次はいよいよ双子の男性を見つけるだけとなった。

だがさすがにそう簡単には見つからない。二人が言うには、きっと運命がそれを呼び寄せるという話だったが、店を始めて三年目にそれが本当に訪れた。

吉田満雄と厚雄が現われたのだ。

最初に〈八螺叉骨董〉にやってきたのは兄の満雄だった。そう、飲食店を幾つも持ち成功していた商売人の満雄だ。

新しく開く店に良いものを置きたい。できれば食器も質の良いものを取りそろえ、高級志向の店にしたい。

そう考えて色々と物色していた満雄が〈八螺叉骨董〉の話を聞きつけてやってきた

のだ。後に満雄が語ったところによると、「店に入った瞬間に、これは、と感じた」と。

　双子の女性がやっているとは聞いていたが、まさかこんなにも美しい女性だったとは、と、驚いたと言う。

　むろん、その話を聞いた父の原史は首を傾(かし)げた。

　話したように、万紗子も美津子もその時代の女性としては美しいと言われる部類ではなかった。悪く言えば派手な、良く言えば日本人離れした個性的な顔立ちだったのだ。

〈蓼(たで)食う虫も好き好き〉と言う言葉を、この年になってようやく理解したと原史は言っていたが、妻のトワは胸の内で「あなたにだけは言われたくないでしょうよ」と思っていた。

　だがそのトワも不思議に思いどうしても理解できなかったのは、満雄と厚雄がそれぞれ美津子と万紗子をどうやって選んだのかという理由だ。

　何度となく言っているが、万紗子と美津子は瓜二つだ。親でさえ時には間違う程だ。それなのに満雄は店に入って二人と二言三言交わしただけで、妹の美津子の方を選んだと言う。更に何度も言うが、二人は性格も言葉遣いも仕草(しぐさ)もお互いに鏡に映したように同じなのだ。

どこをどう基準として選んだのか。いや、選べたのか。

満雄の話では「美津子さんの方が華やかでしたね」と言うのだ。

美津子の何がどう華やかだと言うのか、それは瓜二つの万紗子にないと言うのか。更屋家全員が揃って首を捻った。これはもう人知を超えた感覚と言うしかない。あるいは恋の病というのはそういうものなのかと。

では、当の美津子は、満雄の第一印象はどうだったのかと後から訊けば、「さして印象には残らなかった」と言う。ただのお客様の一人、としか思わなかった。それは万紗子も同じだった。愛想が良く、飲食店を幾つも経営しているというのでこれは上得意様になってもらおうと思っただけで、男性としてどうこうは思わなかったそうだ。

それが、一ヶ月ほどして満雄が三度目に店に現われたときだ。

弟の厚雄を伴って、満雄はやってきたのだ。もちろん、万紗子に会わせるためだ。何せ満雄は会った瞬間に「これは」と思ったのだ。双子の美しい独身の女性。まさに自分たち兄弟が出会うために待っていてくれたような人ではないかと。

厚雄自身は、大して期待はしていなかった。

いくら双子の独身の女性で兄の満雄がその片割れを気に入ったとは言え、もう一人の片割れの女性を自分が気に入るとは限らない。ましてやその女性たちも双子同士で付き合おう等と考えるとは思えない、と考えていた。

　運命とは良くしたものだ。

　満雄は最初に店に行ったときには自分も双子であるとは言わなかった。あくまでも仕事で顔を出した骨董店。色々と物色し、これはと思うものを選び、さらにはこんなものを用意できないかとか万紗子と美津子に依頼した。

　仕事と私用はきっちり分ける男なのだ。

　二度目に訪れたときに今回の仕事は全部済んだ。気に入ったものを購入し、必要なものもしっかりと揃えることができた。〈八螺叉骨董〉は今後も仕事先として非常に重要なものだと認識した。

　だが、その仕事さえ上手くいけば後は個人的な話だ。ぜひ、今後ともお付き合いを願いたい。そう申し入れるつもりだった。

　満雄と厚雄が店にやってきたとき、つまり満雄もまたそっくりな双子だったのか、と理解した瞬間に万紗子と美津子も「これは」と思ったと言う。

　つまり、それまでは単なる客であった満雄はその瞬間に恋愛対象の男性になった。もちろん同時に厚雄も。

「それでそれで？　二人とも納得できたの？　満雄さんは美津子さんを選ぼうと思っていたんだけど、どうして上手くいったの？　万紗子さんはじゃあ厚雄さんでいいかって妥協したの？」

「まぁ落ち着いて」

「これが落ち着いていられますか」

「まーさおばさんとみっつおばさんの感覚は本当にわかんないんだけどさ。要するに僕ら普通の人間の感覚に翻訳すると、美味しい料理の素材を選ぶ感覚と同じらしいんだ」

「え？」

「つまり、同じ畑で採れた大根が二本あったらどっちも美味しいから、後は料理の腕次第ってことさ」

「はい？」

　吉田満雄は姉である万紗子より妹の美津子の方が華やかと感じ、美津子に交際を申し込むつもりでやってきた。そして、もし、もしもだが、弟の厚雄も独身なのだが万紗子にどうかと思い連れてきた。

　連れて来られた厚雄は万紗子と美津子を見て、そして紹介してもらって、成程兄貴が美津子さんを選んだのもわかる、と、理解してしまったのだ。そこで理解できるというのがわからないが、そういうものらしい。

　そして、自分には万紗子さんはぴったりではないかと思えたという。自分は地味な人間だ。学者肌という言葉があるがそのものだ。兄のような社交性はまったくないのだが、万紗子さんならば自分には足りないそういうものを持ち合わせ、かつ自分のことをしっかりとフォローしてくれるのではないかと感じたそうだ。

　正直なところ、上手くいった二組の双子同士の話など「あぁそうですか良かったね」で終わらせてもいいのだがそうもいかない。

　後にこっそりと姉妹たちに万紗子と美津子が語ったことだが、どっちでも良かったそうだ。

　念のために繰り返すが、〈どっちでも良かった〉そうだ。

「どっちでも良かったってどういうこと？　あなたたちは自分の旦那様は双子であれば誰でも良かったってこと？」

　思わず食って掛かるように言ってしまったのは次女の志乃子だ。自分の伴侶をそんな風に決めるなんてとんでもないという思いがあったからだろう。

「誰でも良かったなんて言ってないわ。満雄さんが私を選んだのなら、美津子は厚雄さんでいいわねってことよ」

「選ばれたらそれで良かったってことは、結局どっちでも良かったってことよね」

にやにやしながら言ったのは七女の喜美子（きみこ）だ。

「あなたは黙ってなさい」

キツイ声を出したのは五女の与糸子（よしこ）だ。続けて顔を顰（しか）めてこう言った。

「それは余りにも不道徳というものじゃないのかしらお姉さん」

「だから、誤解しないでよ皆。どっちも素晴らしいのだから、どっちでもいいってことなのよ。お店で野菜を買うときの基準は何？」

「野菜？」

「美味しそうなお大根があったら、大きさで選ぶ？　大きさが同じなら色つやで選ぶ？」

「それも同じならまぁどっちでもいいか、ってことになるでしょう？」

「まさかその場でかぶりついて味を確かめることなどできないのだから」

同じ声で順番に万紗子と美津子が言う。

「人と野菜を一緒にするんじゃ」

与糸子が怒ろうとするのを万紗子と美津子は手で制した。

「じゃあ、与糸子。訊くけど満雄さんにぜひ、と言われた私が『いえ、私は厚雄さんの方が』って言える？」

ぐっ、と与糸子は喉の奥で何かを鳴らした。

「言えないでしょう？　〈双子のきちんとした独身の男性〉という時点でもう私たちの結婚してもいい男性の基準は十二分に満たしているの。それも、見た目だって職業だってきちんとしたお二人よ。もう何も言うことはないじゃない。後は、選ぶだけだけど、女性の方から選ぶのなんてそれこそ失礼の極みでしょう。だから」

「どっちでも良かったのよ」

最後は二人で同時に、しかもぴったりと揃って言った。

「じゃあ」

話をじっと聞いていた末恵子が訊いた。

「そこに愛はなかったのね？」

万紗子と美津子は一番下でまだ二十歳前だった末恵子に言った。

「愛なんて一緒になれば自然と生まれてくるものよ」

そう言い切る二人に誰も何も言えなくなった。むろん、〈どっちでも良かった〉という二人の文言(もんごん)を満雄と厚雄に告(つ)げた者は一人もいない。一応は墓場まで持っていく秘密ということにした。

さて、そうして目出度(めでた)く二人同時にパートナーを見つけた二組の双子が結婚したのは、恭一郎が中一の春だった。万紗子と美津子が三十歳。その当時の女性としては、文字通り遅い春だった。

したがって、結婚して家を出てそれぞれ満雄と厚雄の家で暮らすようになり、その年が明けての正月が〈実家を出て初めて帰ってきたお正月〉だったのだ。

他の結婚していた姉妹、さき子、志乃子、与糸子、加世子(かよこ)には既に子供がいて、恭一郎はそのいとこたちの相手に大わらわだったのだが、まだ新婚と言える万紗子と美津子には子供がいない。その気楽さもあったのだろうし、そもそも二人とも子供は嫌いではない。恭一郎一人では扱い切れない甥(おい)っ子姪っ子の相手も楽しそうにやっていた。もちろん、まだ実家に居て独身の喜美子、末恵子もそうだ。喜んで甥と姪と遊んでいた。

それを見つめる与糸子のふとした表情に、恭一郎は思ったのだ。

(あぁ、やっぱりこの叔母さんたちは気が合わないんだな)と。

「えーと、与糸子さんというのは」

「五女。万紗子美津子のすぐ下の叔母さん」

「気が合わない叔母さんっていうのは？」

「与糸子さんが、三女万紗子、四女美津子、七女喜美子、八女末恵子の四人と気が合わないってことね」

「四人とも？」

「まぁ、まーさおばさんとみっつおばさんに関しては誰も気が合わないという宇宙人みたいな存在だからいいとして、喜美子さんとすーちゃんのことはいっつも怒っていたね」

「それはまた、どうして」

「与糸子おばさん、ものすごい堅物（かたぶつ）なんだよ。筋金入り」

　更屋家の五女である与糸子は、八人姉妹でちょうど真ん中の女の子だった。三女四女の万紗子と美津子とは二つ違い、すぐ下の妹の六女加世子とは三つ違いだ。

　ふわふわと浮世（うきよ）離れした性格の万紗子と美津子のすぐ下だったせいだろうか、与糸子は小さい頃から実に現実的な考え方をする女の子だった。地に足がついていると言えばいいか、しっかりしていると言えばいいか。どちらにしても人間としての美徳であるのだからそれはまったく問題なかった。

幼い頃から朝は言われなくてもきちんと起きる。歯を磨き顔を洗い着替えをする。それを誰かに手伝ってもらうでもなく、何もかも自分で全部やった。母であるトワの言では「考えてみれば与糸子のことを余り考えたことがない」との話だ。子供らしく泣き叫んだこともあまりなく、何かをねだった記憶もない。いつの間にか大きくなっていたのが与糸子らしい。

つまり、それだけ親の手を煩(わずら)わせない良い子だった。

それに加えて、誰に似たものか非常に頭の良い子だった。学校の成績は常にトップクラス。それも、誰かに教えてもらった結果というものではなく、言われなくても自分できちんと勉強したからなのだ。

常に努力を忘れない。決まりをきちんと守る。道草はしない。家のお手伝いはきちんとする。

どこをどう取っても〈真面目でしっかりした女の子〉。

それが与糸子だったのだ。

「あー、なるほどそういう人ですか」

「そうなんだよ。まるで絵に描いたようなそういう女性」

「それはまぁ、気の合わない姉妹がいるのもわかるような気がするわ。喜美子叔母さんとか末恵子叔母さんは、その、割と、ざっくばらんな女性だったのでしょう？」

「気を遣わなくてもいいよ。その二人は自由奔放で個性的で常識破り」

「そういう姉妹がひとつ屋根の下で暮らしていればね。それは大変だと思うわ」

「実際大変だったそうだからね」

五
kyoichiro
and
Seven Aunts

あえて繰り返すが、更屋恭一郎には七人の叔母がいる。

その七人の叔母たちの、つまり自分の母を含めると八人姉妹の微妙な関係性にふと気づいたのは、恭一郎が中学一年生のお正月だ。いつもの年と同じように、結婚して家を出た叔母も家族を引き連れてやってきて、賑やかに元日の夜の食事、更屋家の恒例であるすき焼きが始まってしばらくした頃に、気づいたのだ。

「気が合わないって言っても与糸子叔母さんは極めて常識人だったんだから、他の姉妹と喧嘩をするようなことはなかったんじゃないの？」

「そうでもないみたいだね。けっこう派手にやりあったらしいよ」

「どうして」

「だって、姉妹じゃないか。兄弟姉妹ってそういうもんじゃないの？」

「まぁ、そうかもね。私は一人っ子だから、その辺りの感覚がわからないけど」

「僕もだよ。だから叔母さんたちはある意味では羨ましい」

「そうよねー。私もそう。カッコいいお兄ちゃんか、カワイイ弟が欲しかった」

「お姉さんとか妹は？」

「私はきっと同性には嫌われるタイプだと思うから」

「あぁ」

「何よ、あぁ、って」


さて、五女の与糸子である。

母親であるトワが自ら言っていたように、与糸子の小さい頃のことを覚えている人間は少ない。それはあまりにも不憫なような気もするが、兄弟姉妹の数が多い中で、目立たなくて大人しい子というのは大体そういうものだろう。今でこそ少子化で困っているようだが、昔はとにかく兄弟姉妹が多い時代があったのだ。目立つのは長男長女に末っ子ぐらいで、その真ん中辺りは親も忙しくて眼が行き届かないのだろう。

あまり人には話したことがないが、与糸子にはかなり小さい頃からの記憶がある。自分が一歳の頃からの記憶があるらしい。つまり、当時六歳であった長女であり恭一郎の母であるさき子におんぶされている自分のことをはっきりと覚えているらしい。

さき子が、自分のことを「よーちゃん、よーちゃん泣かないでね」と言いながらあやしてくれたのも、その表情とともに記憶していると。

不思議な話だが、ないことではないだろう。それもひょっとしたら与糸子の頭の良さにも関係しているのかもしれない。

自分が立ち始めて歩き出したことも覚えている。皆が手を叩いて「こっちへおいで」などと言っているのもわかり、誰のところへ行くか、というのを自分で判断していたとも言う。

その中で、自分はこの家の五番目の娘だというのもかなり早くから理解していたらしい。すぐ上の姉で双子の万紗子(まさこ)と美津子(みつこ)は二つ違いなのであまり自分のためには動いてくれない。長女のさき子と次女の志乃子(しのこ)はしっかり自分の面倒を見てくれる、というのもわかっていた。そして五番目であるが故(ゆえ)に、さらには万紗子と美津子は手間の掛かる、しかも目立つ双子だったので、自分にはほとんど誰も注目してくれない。

じゃあ、自分のことは自分でする。

そう判断したのは三歳の頃だと、そのこともはっきりと覚えているというから恐れ入る。ある意味では早熟(そうじゅく)な子供だったのだろう。実際、さき子は覚えていたが、おむつが取れたのも妹の中では与糸子が一番早かったそうだ。恭一郎と与糸子の関係と言えば、恭一郎にしてみれば他所（よそ）の家で暮らすまさしく叔母さんの一人だった。

与糸子は大学入学と同時に家を出て違う町で暮らしていたので、一緒に過ごしたのは恭一郎が三歳のときまでだ。したがって、与糸子と家で過ごした思い出などは恭一郎にはまるでない。記憶の中に登場するのは、幼稚園のお遊戯会（ゆうぎかい）のときにやってきて、「上手だったねぇ！」と褒（ほ）めてくれた頃からだ。与糸子が大学二年生のときだった。ちょうど講義もなかったので、可愛い甥（おい）っ子のためにと駆けつけたのだ。

それからも与糸子は大学が休みになる度に、あるいは高校の数学教師となってから盆暮れ正月には顔を出し、恭一郎にこう声を掛けてきた。

「勉強は進んでいる？」

そう、〈いつも勉強を教えてくれる厳しくも優しい叔母〉が、与糸子だった。

実際、恭一郎の高校、大学受験の際には与糸子は張り切ってわずかな暇（ひま）にも実家に顔を出し、徹底的に勉強の面倒を見た。

とにかく、与糸子は勉強ができたのだ。成績が良かったのだ。

男の子であれば末は博士（はかせ）か大臣かと言われるぐらいに与糸子は勉強ができた。一体誰に似たもんだか、と、父である原史とトワが頭を捻るほどに。

　小学から大学まで彼女はほぼ学年でナンバーワン、悪くてもナンバースリーの範囲内の成績だった。本人に言わせると、とにかく勉強が好きで好きでしょうがなかったそうだ。覚えることが楽しくてしょうがない、問題を解くことが嬉しくてしょうがない、誰かに教えることもやってみたくてしょうがない。

　そういう女の子だったのだ。

　他の叔母たちにとっても、つまり姉妹たちにとっても、家にいるときの与糸子は常に机に向かって勉強をしている姿があたりまえだった。ご飯を食べているか机に向かっているか寝ているかの三つしかない。数学教師となったのはまさしく天職だったのだろう。

　それでは容姿はどうだったのかと言うと、それはまぁ、良く言って普通だった。普通の定義とは何だという問題はあるものの、誰が見てもまぁ普通だろうな、という印象を抱くしかなかった。

　醜女とはっきり言える程ではない。ただ、美女か醜女かと二つに分ければ醜女に入れるしかなかっただろう。それは本人が一番よくわかっていた。どうして次女の志乃子や七女の喜美子、八女の末恵子みたいな美人に生まれなかったのかと恨んだことは何度もあったと言う。

とはいえ、そんなに酷(ひど)いというほどではなかった。しかし申し訳ないが顔や姿のどこにも特徴はなかった。ただ、黒縁眼鏡をかけた豆粒のような印象の小さい眼のおかっぱの女の子というだけだった。

そしてとにかく大人しい女の子だったので、クラスメイトは黒縁眼鏡と髪形の二つの記号で〈更屋与糸子〉と認識していて、彼女が眼鏡を外(はず)すと誰だったかわからなくなるほどだった。

冗談ではなく、本当にそうだったのだ。

大人になってからクラス会に顔を出しても、その頃には既(すで)に黒縁眼鏡ではなくなっていたので、本当に誰だかわからず、〈誰だかわからないってことはひょっとしたらこれは更屋与糸子か!〉と、ほぼ全員が消去法でそう判断したぐらいだ。

大人しいから気が弱くて引っ込み思案(じあん)なのか、と言えばそうでもない。特に中学高校の頃には自分の頭の良さには絶大なる自信を持っていたのだから、その気になれば女王のように振る舞うこともできた、と、大人になってからの与糸子は述懐している。

元々好かれるような顔立ちはしていない。ただ騒ぐしか能のない男子たちを徹底的にやり込め、浮(うわ)ついた話しかしない女子たちに軽蔑(けいべつ)を込めた冷たい目線を投げ掛けることもできた、と。

それをしなかったのは、勉強に集中したいからだ。余計なことを気に留めず、惑わされずに勉強をするためには、孤独であった方がいいと判断したからだそうだ。容姿に自信がない自分には、勉強しかないんだと思っていた節もある。

学校では、それで良かった。誰もが優等生で大人しい与糸子には声を掛けずに放っておいてくれた。それでいて与糸子は教えるのが上手だったので、テスト前のいざというときには「更屋さんここ教えてくれる？」と、皆が頼みに来た。そしてイヤな顔ひとつしないですらすらと教えてくれてしかもわかりやすい。そういう存在だった。

だが家庭ではそうはいかない。更屋家は確かに裕福な家庭でお手伝いさんもいたが、娘たちを蝶よ花よと育てたわけではない。むしろ、普通の家庭より躾けは厳しかっただろう。炊事掃除洗濯と、家を守る女の仕事と言われたものは一通りしっかりと教え込まれた。自分のことは自分でしなさいと言われた。

話したように与糸子は何でも自分でやった子供だったが、三女四女であった万紗子と美津子はそうではなかった。

天真爛漫で子供らしいと言えばそうなのだが、言われたことはやらない、遊んだものは出しっぱなし、着替えは脱ぎっぱなし、部屋が散らかっていても気にならない。

万紗子と美津子は、小さい頃はそういう女の子だったのだ。

当然のように、与糸子は気に入らなかった。二つも年上の姉なのに、どうして万紗子と美津子はこうもだらしないのか、といつも内心では怒っていた。

今でも語り草になっているが、その思いが爆発したのは、与糸子が中学二年生、万紗子と美津子が高校一年生のときだ。

恭一郎が生まれる一年前、初夏の頃の話だ。

何度も話しているが更屋家は広い。

昔のことなので掃除ひとつ取っても全てが文字通り人の手で行われる。長い長い廊下も、毎日とはいかないが、家の隅から隅まで雑巾掛けをしないとならないし、畳の間(ま)は箒(ほうき)と塵取(ちりと)りで掃除をしなければならないのだ。

〈冷蔵庫・洗濯機・白黒テレビ〉が三種の神器と呼ばれた時代もあったが、電気掃除機もその時代のものだ。だがしかし初期のものが一般家庭に普及するのには時間が掛かり、叔母たちが若い頃にはまだ更屋家では導入されていなかった。

当然、母のトワだけで掃(は)き掃除から拭(ふ)き掃除全部ができるはずもない。フミがいた頃にしても、手が回るはずもない。何せ造園業の男衆だけでもたくさんいた。外仕事の際にはお弁当を作るのも更屋家の日課だった。その支度(したく)ひとつをとっても、トワとフミと男衆の奥さん方に通いで来てくれるお手伝いさんたち六、七人掛かりで飛び回るように働いていたのだ。自然と家の掃除は娘たちの仕事になる。

与糸子が中学二年の頃には、万紗子と美津子は高校一年、次女の志乃子は高校三年、さき子は結婚して家を出たばかり。六女の加世子(かよこ)は十一歳、七女喜美子(きみこ)は九歳、八女の末恵子(すえこ)は六歳。

つまり、実質掃除をするのは志乃子と万紗子、美津子、与糸子、加世子の五人だったのだ。九歳である喜美子もある程度はできる年齢だが、まだ六歳の末恵子の面倒を見てもらわなければならなかった。もちろん末恵子も姉たちと一緒に掃除をしたがったのだが、その年齢の子供は掃除をしてるのか散らかしているのかわからなくなるだろう。それを監視するのは喜美子の役目だった。

広い更屋家だ。部屋はたくさんある。小学生までは何人かが一緒の部屋で過ごしたが、中学生になると一人の部屋が与えられた。

志乃子と与糸子は率先(そっせん)して掃除をしたが、万紗子と美津子はいつも不満たらたらでさぼりがちだった。基本的には自分たちの部屋とその周囲の廊下を担当するのだが、当然万紗子と美津子の部屋の周りには埃(ほこり)や汚れが目立ち、目に余ってくると休みの日に志乃子と与糸子が掃除をする、というのが日常だった。

優しい志乃子は「しょうがないわねぇ」と言っていたが、与糸子は自分の勉強の時間が削られるのが心底嫌で、それこそしょうがなかった。何とかして双子の姉にはきちんとしてもらいたく、何度も何度もお願いをした。上の姉である志乃子にも母のトワにも忠言した。

「このままではまーさとみっちゃんはだらしのない女になってしまう」

至極当然の意見だ。もちろんトワも志乃子も万紗子と美津子に意見はしたし躾けもしたのだが、性格というのはいかんともし難い。蛙の面にしょんべんという言葉があるが、正にその通りだった。

ある日曜日。

今風に言えば、与糸子はキレた。

古臭く言えば堪忍袋の緒が切れた。

「私たちは埃っぽくても平気」

「外で暮らしたって平気」

そういう万紗子と美津子のユニゾンの言葉に、怒髪天を衝いたのだ。

「まぁ普段大人しい人がキレるとコワイのは、昔も今もそうよね」

「確かにね。でも、与糸子叔母さんは決して大人しいってわけじゃないんだよね」

「大人しくしていれば、誰も近寄ってこない、と思って自分をそう装っていた」

「そうそう。僕に勉強を教えるときはとにかく熱が籠っていたからね。生徒の評判を聞いても、熱い先生だったたって話だよ」

「内に秘める強い炎を持っていた女性なのね」


怒髪天を衝いた与糸子が何をしたかというと、まずは物置へと向かった。

造園業を営む更屋家の敷地内にはいくつかの作業場や物置があった。勝手知ったるその内のひとつから荒縄と鎌を持ち出した。

別段、変わったものではない。普段からよく眼にして使うものだ。この頃、荒縄は家庭の必需品でもあった。何かを縛るのであればそれは荒縄だったのだ。今で言えばガムテープほどの頻度で使われていたろう。鎌もそうだ。広い敷地内の草刈りには鎌を使っていた。小さい頃はなまくらになった古い鎌でよく草刈りをさせられた。切れない鎌は草を刈るのに時間は掛かるが、万一手や足に刃が当たったとしても、切り傷程度で済むからだ。

とにかく与糸子はその二つを持ち出したのだ。

家族が、つまり与糸子以外の人間がそれに気づいたのは夕食時だった。

「万紗子と美津子はどうしたの？」

母のトワがそう言った。その場にいた皆がぐるりと辺りを見回し、それからそれぞれに顔を見合わせた。

ほぼ全員が、いないわね、もしくは知らないわ、という表情を見せた。万紗子と美津子が夕食の支度を手伝わないのはよくあることだったので気にしていなかったが、出来上がって並べ始める前には匂いを嗅ぎ付けやってきていたのに、その日はいなかった。既に椀のお味噌汁が配られているのに、姿が見えないのだ。

「加世子、呼んできて」

トワがそう言い、加世子が立ち上がろうとしたときに、与糸子が言った。

「部屋にはいないわよ」

全員が、与糸子を見た。与糸子は、自分の場所に座って背筋を伸ばし、縁側から見える中庭の方向を見据えたままそう言ったのだ。

「どこにいるの？」

志乃子が訊くと、与糸子は、ゆっくり頷いた。

「庭よ」

「庭？」

　全員が同時に中庭の方を見た。中庭といっても更屋家のそれは広い。縁側の奥である部屋から全部は見通せず、縁側の近くにいた加世子が立ってきょろきょろと中庭を見渡した。

「いないよ？」

　そこで初めて、鷹揚に構えていた原史が口を開いた。

「どこにいるんだ？　与糸子。あの二人は」

　与糸子は、ゆっくりと顔を巡らせて原史を見た。

「庭です。樫の庭」

「樫の庭？」

　敷地内にはかなり多くの樹木がある。林があちこちにあると思えばいい。もちろんそれは庭木としての販売用でもあり、材木として売るものもある。それぞれに名前があり、樫の庭と言えばその名の通り、樫の木が多く植えられている林のことだった。

「そこで何をしているんだ」

　原史が言う。与糸子はゆっくり頷いた。

「あの二人はちっとも掃除をしません。そして『埃っぽい外で暮らしたって平気』なんて言うので、じゃあそこに住めばいいと思って、樫の木に縄で縛っておきました」

原史の口がぱかりと開いた。トワの眼が大きくなった。

「縛った?」

志乃子が訊いた。

「そう」

「与糸子が? 二人を?」

全員が眼を見開いて、その図を頭の中で想像したのは言うまでもない。しかし、およそ想像も付かないことだったので、原史が自ら見に行った。トワも一緒に行き、そうなると皆も見たくなる。温かいご飯が冷めてしまうがそんなことは誰も気にせずに、全員で歩いて三分ほどの樫の庭へ急いだ。もちろん、与糸子は悠然と一人で後から歩いていったのだが。

「縛られていたの?」

「そうだってさ」

「こう、手首を?」

「手首も足も縛られていたって。その縛り方がまた見事な縛り方で解けなかったので、じいちゃんが鎌を持ってきてざっくり切るしかなかったって話だよ」

「与糸子叔母さんはどこでそんな縄の縛り方を覚えたのよ」

「家で働いている皆のを見て覚えたんだって。ほら、仕事柄荒縄はよく使うからね。そして、縄の縛り方は数学だとか言ってたらしいよ」

「あぁ、確かに結び目は数学よね。なるほどね」


こんなとんでもないことをしでかす子だったのか、と、原史もトワも与糸子に驚いたが、それと同じぐらいに万紗子と美津子にもさらに驚いた。

話によると、まず与糸子は万紗子を呼んだらしい。ちょっとでいいから手伝ってほしいと。何事かと渋々万紗子はついていった。樫の庭までやってきて一体ここで何をするのか、と訊くと、与糸子は体当たりしてきていきなり転ばされた。そして、足首を縛られた。仰天していると今度は手首も縛られ、そのまま木にくくられた。

怒るよりも何よりもとにかくただ驚いていた。

「何よこれは」

そう訊くと与糸子は、じっと睨んで頷いた。

「外でも平気なんでしょ」

そう言ったという。

その言い様が、何というかあまりにしれっとしていて、可笑しくなって笑ってしまったという。元々万紗子も美津子も冷たい女の子ではない。浮世離れこそしていたが、姉には世話をしてもらうことを感謝していたし、妹は可愛いと思っていた。

なので、万紗子はこんなことをしでかしてしまった与糸子がたまらなく可笑しく、面白い女の子だったんだなと思い、大笑いしたという。

そうして今度は美津子も連れてこられた。木に縛りつけられている万紗子を見てこれもまた仰天したが、万紗子は「大人しくしなさい」と、笑って美津子に言ったという。それで、美津子はとりあえず大人しく縛られ、万紗子の隣に括りつけられた。

与糸子にしても、万紗子を先に呼び出して上手いこと縛りつければ、後から美津子も大人しくそうされるだろう、という計算があったのだ。そこはやはり姉妹なのだろう。双子の性格はきっちりと把握していたのだ。

木に縛られ座り込んだ二人を与糸子は悠然と見下ろし、唇を尖らせ、睨んだという。

そうして何も言わずに歩き去った。

「怖いわー。あんなに怒る子だったのね」

「しょうがないわよ。それぐらい私たちに腹を立てたってことなんでしょ」

「でも縄で縛るって、どうなのよこれ？　あの子将来は何か危ないことでもするんじゃないのかしら？」

「でも、ただの頭でっかちかと思っていたけど、意外と想像力があると思わない？　たぶん姉妹の中では誰もこんなこと思いつかないわよ」

「まぁ、それはそうかもね」

　そういう会話を、木に縛られたままのんびりと万紗子と美津子はしていたという。騒いだところで誰の耳にも届かない。ひょっとしたら誰か男衆が通りかかるかもしれないし、それがなくても、どのみち晩ご飯の頃には二人がいないことに誰かが気づいてくれるだろうと。

　それを聞いて原史とトワは、改めてこの万紗子美津子の双子の性格にも溜息（ためいき）をついたという。普通ならこんなことをされたら怒るか泣くかどちらかだろう。しかし、万紗子と美津子は楽しんでいるのだ。優しいわけではない、おっとりしているわけでもない。ただただ、わからない性格の二人だと改めて認識した。

　原史は、とんでもないことをしでかした与糸子を怒らなかった。ただ、二度とこんなことをしないようにと言い含めただけだ。与糸子もそれに対して口答えはせずに、ただ頷（うなず）いていた。内心ではもちろん、万紗子と美津子がちゃんとしてくれれば私だってこんなことはしない、とは思ってはいたが。

トワは、後から与糸子に謝(あやま)った。寝る前に与糸子の部屋に忍んでやってきて、頭を下げたのだ。

「済まなかったね。お前にあんなことをさせたのは、母親であるあたしの責任だね」

そう言ったのだ。もちろん与糸子は慌てて「お母さんのせいなんかじゃない」と言ったが、心の中では多少は頷いていた。万紗子美津子があんなふうに育ったのは確かに親の責任があるのだと思っていた。

「でも、二度とするんじゃないよ。お前は女の子なんだから」

そうも言われて、頷いた。だが、やはり心の中では、そうは言っても、と思っていた。自分はだらしない性格の人には我慢できない。万紗子美津子に関しては姉らしくきちんとしてほしいのだと。

そんな出来事があったから姉妹の仲が冷え込んだ、というわけでもない。

そもそも万紗子美津子の双子は、どの姉妹と仲が良いとか悪いとかはまったくなかったのだ。誰とも平等に接するが、接する方からすると、ただただ、よくわからない双子だった。与糸子に対してもそれからも変わりなく接して、そして与糸子は元から一人で勉強ばかりしていた。お互いに謝るも謝らないもなかった。

つまり、それはそれで、終わってしまったのだ。ただ、与糸子を怒らせると何をしでかすかわからない、という事実だけを残して。

その与糸子が結婚したのは二十四歳のときだ。

何せ、順調に大学を出て教職を得て本人も水を得た魚のようにして毎日を過ごしていた。家族の皆は、その意志の強さで見事に自分の理想の職を得た与糸子を賞賛していた。その反面、結婚は遅いのだろうと思っていた。

女の幸せは結婚だという古い時代の人間だった原史も、教師という堅い職を得た与糸子に関してはしょうがないだろうと思っていた。その容姿からして一生独身のままで、使命感に燃えて教師という職を全うしてもいいのではないかとさえ考えていたのだ。

それが、教師になって一年も過ぎた頃に恋人を連れて家にやってきたのだ。もちろん、家族の皆が驚いたのは言うまでもない。

相手は、同じ学校の体育教師である井上順次だった。年齢は三つ違いの二十七歳。数学教師と体育教師という取り合わせに成程、と皆が頷いた。馴れ初めはあえて話すようなものではない。どこからどうみても典型的な職場結婚だ。

与糸子が赴任してきた日に井上順次は一目惚れしたという。

「一目惚れしたんです」と、照れて言う井上に、「そうなのですか」としか原史は言えなかった。

まさか与糸子に一目惚れするような男がいるとは思ってもみなかった。美というものは人それぞれで様相を変えるものだな、と、改めて実感した。

それで、井上が女にまるで縁がないような男だったのかといえばそうでもなかった。体育教師らしい鍛えられた身体に汗が似合う爽やかな笑顔。二枚目とはお世辞にも言えないが、清潔感がある、誰からも好感を持ってもらえるであろう好青年であることは間違いなかった。とことん失礼という声が上がるであろうが、原史は、何も与糸子を選ばなくても他にもっと可愛い女の子と交際できるだろうに、と心の中では思っていた。

そうは思ったものの、ありがたい話だ。聞けば井上家は父親も母親も教師であるという。まさに教育一家。何の問題もなかった。

が、まだ早いのではないかという話にもなった。

「結婚自体はいい。反対も何もしないが、せっかく教壇に立っているのだから、もう少しゆっくり考えてもいいのではないか？」

原史はそう言ったのだが、与糸子は首を横に振った。

「結婚すれば当然子供を産みます」

「そうだな」

そう言う与糸子に原史は頷いた。

「子育ては体力がいるのです。それはお母さんを見てきたのでよくわかります。私は一生教師を続けたいので、体力のある若い内に子供を産んでおきたいのです」

与糸子は背筋を伸ばしてそう言ったのだ。家族の誰もが、「成程、与糸子だ」と思ったのは言うまでもない。どこまでも真面目であり、そして自分のことは自分できちんと考えてやっていくのだな、と思ったのだ。

更に続けて与糸子は原史に言った。

「お願いがあります」

「何だ」

「しばらくの間、つまり子供が出来たとしたら、出産して落ち着くまでは夫婦でこの家に住まわせてください」

別に井上を婿養子にするという意味ではない。お互いに教師なのだから収入の面では問題ない。二人で部屋を借りるなり無理して家を買うなりして生活はできるが、自分としては教師の仕事というものに情熱を傾けたい。それには、お金の苦労というものが一番の邪魔になると言う。まぁ確かにそれはそうだと原史も頷いた。つまり子供を産んだらしばらくは同居させてほしいという話だ。ついでに教師の仕事を続けたい自分のために孫の面倒もちょっと見てほしいということだろう。それぐらいは別に当たり前のことだと原史もトワも納得した。そんなことを今のうちから言い出してお願いするとは、やはりこの子は真面目な子だと頷いていた。

この与糸子の真面目一筋な子育ては、後年になって更屋家にも波乱を呼び恭一郎も多いに巻き込まれることになるのだが、それはまた後の話にしよう。

そして与糸子の、不真面目な姉妹に対しての怒りに関する話題は他にもたくさんある。それは、主に七女である喜美子と八女末恵子に対してのエピソードだ。

更屋家の八人姉妹の中でも若く、もっとも自由奔放に人生を生きている二人の妹に、姉として与糸子は随分と振り回された。子供時代ではなく、大人になってからの話になるので、それもいずれまたとしよう。

「縄で縛るのはさすがに凄いけど、意外とすんなり終わったのね」

「元々与糸子叔母さんは真面目というだけの人だからね。そんなに唸るような展開にもならないんだよ。次の、六女の加世子さんもそういう意味では一緒だね」

「あぁ、加世子さんね。どうして叔母さんが付かないの？」

「そう呼んでくださいって言われたから」

「特徴のない叔母さんって話だったわね」

「そう、普通の叔母さん。特徴といえば、お小遣いをたくさんくれる」

「お金持ちと結婚でもした？」

「そう、社長さんとね」


六女の加世子もまた、五女の与糸子と同じように姉妹の中では印象の薄い女性である。

性格的には次女である志乃子に似ていただろう。誰に対しても優しく接し、女の嗜（たしな）みは心得て、三歩下がって後ろを歩く。ごくごく平凡な大人しいおっとりした柔和な女性で、姉妹の集まりでもついそこにいることを忘れられるような存在だ。それは小さい頃から今になっても変わらない。

「ねぇ、加世子ちゃんそうでしょう？」

姉妹が集まり話をしていて、そう声を掛けられる頻度は実は加世子が一番多いだろう。

つまり、話の終わりに同意を求めるときにちょうどいいのが、いつも黙ってにこにこ聞いている加世子なのだ。そして「そうね、そう思うわ」と、のんびりした声でにっこり笑って頷いてくれる。お喋り(しゃべ)な人間にとっては便利この上ない存在なのだ。

ただ、加世子は、そういう存在である自分を楽しんでいた。

彼女にとって、自分の姉妹たちは実に個性豊かな存在だと感じていた。その中で、自分は確かに無個性だと思っていた。容姿がいいわけでも頭が良いわけでも個性的であるわけでもない。平々凡々な娘だと自覚していた。でも、そういう姉妹たちに囲まれて過ごす時間がとても楽しかったのだ。

そういう意味では、加世子はいつでもどこでも人生を愉(たの)しめるという、ある種の希(け)有(う)な才能を持って生まれたのだろう。

無個性で平凡であると自分で言っていたように、学校の成績もそうだった。常に図(はか)ったように真ん中だった。クラスでも学年でも常に真ん中の位置にいた。体育で走るのも跳(と)ぶのも何でも中間の成績だった。先生方にも「加世子はもうちょっとだけ頑張れば上に行けるんだぞ!」と常に言われる立場だったので、そういう面だけでは、先生方の間では別の意味で少し目立っていたのかもしれない。

容姿の面で目立たないといえば与糸子もそうだったのだが、彼女の場合は黒縁眼鏡でその存在を知られていたし、成績も抜群だったのだからきちんと存在感はあった。だが、加世子には存在感はまったくなかった。そこに居ても居なくてもその場の雰囲気はまるで変わらなかった。

いてもいなくても同じ、というのが加世子だった。

そんな加世子には親友がいた。菅田妙子という女の子だ。更屋家からは歩いて十分ほどのところにあった〈興勝寺〉というお寺の一人娘だ。

この〈興勝寺〉。更屋家からそれだけ近いところにあるので、ほとんど更屋家の敷地内にあるようなお寺だった。そもそもそこに寺を建てるのを許可して多大な寄付をしたのも遡れば更屋家という話だった。従って更屋家と付き合いは古く長く、ほとんど親戚付き合いと言ってもいい。

同い年の加世子と妙子は何の偶然か常に一緒のクラスだった。行き帰りももちろん一緒ならクラスでも一緒。そして、妙に馬が合った。

これで妙子が加世子と同じく目立たない女の子というのであれば誰もが納得したのだが、実は妙子は近所でも評判の美人だった。

それというのも、妙子の父であり〈興勝寺〉の住職である菅田陣清が、〈永遠の美貌〉と謳われた映画女優の中田理津子と結婚したからである。

この結婚に関してはそれだけでひとつの物語ができるぐらいの様々な出来事が積み重なっているのだが、残念ながらそれは更屋家の物語にはほとんどまったく関係ない。ただもう結婚が決まったときには皆が驚き、披露宴に出席した原史とトワは理津子の美しさに陶然となったというだけの話だ。どうして寺の住職と映画女優が出会ったのだ、という部分だけ説明しておくのなら、単純な話で、彼女のある主演映画が〈興勝寺〉をロケ地としたからなのだ。そこで、二人は出会った。正しく運命的な出会いだったのだろう。

もう少し付け加えるのなら、結婚を迫ったのは中田理津子からだったと言う。そもそも中田理津子は女優としてやっていこう、などという明確な意志はなかった。理津子の母親は映画撮影所の食堂で働いており、そこによくやってきていた。ある事情で母一人子一人で懸命に生きる、しかしその頃にはどこにでもいた貧しい家庭の子供だった。その幼い理津子の美貌に眼を付けた映画会社の社長が、彼女が十三歳のときに映画に出演させたのがきっかけだったのだ。

女優などに興味はなかった。自分が美しいと思われることにも関心はなかった。ただ、出演料で母を楽にさせてあげられるという点だけで、彼女は言われるままに映画出演を続けていたのだ。彼女を評して〈抑制の利いたしっとりとした演技〉などと言われたが、それはひょっとしたら望まずにやっていることから来たものかもしれない。華やかな世界であるにもかかわらず本人は毎日をひっそりと地味に暮らし、それがまた神秘性を高めていったのだ。菅田陣清との結婚も、最愛の母を亡くし、もう女優という仕事を続けなくてもよくなったという部分は多少はあったようである。

結論として、美貌の映画女優中田理津子は惜しまれながら若くして女優業を引退して、住職の妻になった。

そうして、妙子が生まれたのだ。

実は、父である菅田陣清も、住職にしておくのはもったいないと評判の色男だった。彼がお経をあげにやってくる日には、檀家の女性陣が皆化粧をしてとびっきりの他所行きの服を着て迎えたという。

ぜひうちの娘を嫁に、という声も何十という檀家からあったというほどのモテっぷりだった。なので、理津子と結ばれたときにも驚きの声と同じぐらい、陣清さんなら無理もないし、お似合いだよねという声もあったのだ。実際の話、羽織袴の陣清と白無垢の理津子が並んだところは、どこでキャメラが回っていても、「よーいスタート！」の声とカチンコの音が鳴り響いても不思議はないほどの雰囲気だったという。

その二人の美しさを受け継いだのが妙子だ。実は長じるにつれてその美しさは群を抜いていきやがて芸能界入りすることになるのだが、幼い頃はとにかく〈愛らしい〉の一言だった。

文字通り、天使のように愛らしかった。泣いても笑っても怒っても、変な顔をしても転げ回ってもその愛らしさは変わらなかった。むしろ表情が豊かになればなるほど、愛らしさは倍増した。

その妙子が、いつも加世子と一緒だったのだ。心配する向きもあるだろうが、加世子はただの引き立て役にはならなかった。と言うのも、そんなものを必要としないほど妙子は愛らしかったのだ。

ただ、妙子にとって加世子はなくてはならない存在だったのだ。

本人は意識していなかったのだが、何をしても妙子は目立ってしまう。しかし、加世子と一緒にいて、加世子のために何かをすることによって妙子は常に皆より一歩下がることになり、それが、妙子の暴走を抑えていたのだ。

六
kyoichiro
and
Seven Aunts

くどいようだが、更屋恭一郎には七人の叔母がいる。

その七人の叔母たちの、つまり自分の母を含めると八人姉妹の微妙な関係性に気づいたのは、恭一郎が中学一年生のお正月だ。いつもの年と同じように、結婚して家を出た叔母も家族を引き連れてやってきて、賑やかに元日の夜の食事、更屋家の恒例であるすき焼きが始まってしばらくした頃に、ふと気づいたのだ。


六女の加世子の話だ。

まだ小学生の頃から、自分はごくごく平凡な大人しい女の子であることを自覚していた。個性的な姉妹に囲まれて、その中で静かに皆の話を聞いていることが、そういう時間を過ごせるのが愉しいと思える性格であると。そう考えると更屋家の姉妹たちは総じて精神的に早熟だったのかもしれない。あるいは自我の萌芽というものが早々に訪れていたのだろう。それもまた更屋家の血なのかもしれない。

加世子だが、平凡で大人しいと言っても、引っ込み思案とか激しい人見知りをするとかいう類いのものではなかった。

一言で言えば〈良い子〉なのだ。

それもクラスに必ず一人はいるような、正義感に溢れリーダーシップを取れるような〈良い子〉ではなく、皆仲良く楽しく過ごしてくれないと困るから大人に怒られないようにきちんといいつけを守って大人しくしていましょうよ、と、考えるような〈良い子〉だったのだ。

何かがあっても我先に駆け出すのではなく、まず、立ち止まって考える。先生の言ったことならば多少理不尽でもきちんと言いつけを守る。その方が場の平穏が保たれる。

そういうような考え方、感じ方をする女の子だ。

そしてそれは先生方にとってはかなり扱いやすい手のかからないまさしく良い子と思えただろう。個性的とは言えないし将来有望とも思えないが、集団生活を管理する側にとってはまさしく理想的な大人しい女の子だった。

更屋家の姉妹にとってもそうだ。

加世子は放っておいてもいい。悪いことは決してしない。いつもそこにいて皆の話し相手になっている。静かにその場にいる。状況によってはいるんだかいないんだかわからない。もちろん家の手伝いはきちんとする。ただし、積極的に自分が出来ることをするのではなく、言われたことをきちんとするというタイプだがそれはそれで扱いやすい。妹達にとっては地味だけど優しい言うことを聞いてくれる姉であり、姉にとってもまた大人しくて手のかからない本当に良い妹だった。

だが、加世子もまた個性豊かな更屋家の一人であることは間違いなかったのだ。大人しく良い子である加世子は、それこそ人知れず自分のその個性と言えない個性を意図せず磨いていた。

それは天使のように愛らしい〈興勝寺〉の娘の菅田妙子との話になる。

彼女もまた精神的に早熟な女の子だった。自分の可愛らしさというものが大人の世界では武器になるんだと早々に気づいていた。

それは思うに母親である理津子からごく自然に受け継がれたものだったのだろう。

自分から望んで〈永遠の美貌〉と謳われた銀幕のスターの地位を捨てて住職の妻になったとはいえ、その世界で磨かれ身に付いた感性や感覚というものがそうそう簡単に消えるものではない。立ち居振る舞い、言葉遣い、物事を見る眼、そういうものが普通の、一般の庶民である我々とは違った。

妙子はその母親をずっと見て育った。受け継がれた感性というものもあったのだろう。見る人が見たのならば、幼い頃の妙子の何気ない仕草の中にも末恐ろしいものを感じたことだろう。

妙子は、自分のこの可愛らしさで、ほとんど何でも望みが叶うことが早いうちからわかっていたのである。

誰もが、自分の言うことを聞いてくれるのだ。誰もが、自分をちやほやしてくれるのだ。ましてや地元の大きな寺の娘であるから、檀家の皆さんも一層可愛がってくれる。

そう、自分は〈特別な娘〉であるとわかっていたのだ。

そこで思考が停まってしまっていたのならば、妙子は可愛いけれども大層我儘な、鼻持ちならない女の子になっていただろう。しかし、彼女はそうではなかった。

〈特別な娘〉なのだから、当然のように〈普通の娘〉たちの中では浮いた存在になってしまう。つまり、出る杭は打たれる。それも随分と早い段階でわかっていたのだ。

心底賢い女の子だったのだろう。

ならば、打たれないためにはどうしたらいいのか、と、考えた。

そう、自分と対極にいるような〈特別に普通の娘〉と一緒にいればいいんだ、と、結論づけたのだ。

そして、まるで神様が誂えてくれたかのように、上手い具合にすぐ身近に〈特別に普通の娘〉がいたのだ。

それが、加世子だったのだ。

加世子と一緒にいて、いつでも彼女を立てて、彼女の真似をして、自分は彼女より一歩下がっていれば、〈特別な娘〉はきっと〈特別に普通の娘〉と混じり合って〈少し特別な娘〉程度になるに違いない。その方がきっと生活をしていくのには安全なんだ。

菅田妙子は小学校低学年にしてそこまで考えたのだ。

もちろん今示したような思考をその頃にそのまましたわけではない。大人になってから振り返ると自分はそういう子供だったと考えた、ということであって、その当時はまぁ言わば本能というべきものに従った結果、そうなったというだけだったろう。従って全てが打算ではないのだ。子供らしい素直な感覚が、あるいは動物的な危機回避の本能がそこにはあった。

実際のところ、妙子は加世子を利用したわけではなく、単純に大好きだったのだ。

どこからどうみても平凡な、見た後にはすぐに忘れてしまうような顔立ちの加世子を、可愛いと思った。それは案外自分にはないものを求めた結果なのかもしれない。たくさんの人がいる中ではいつも小さな微笑み(ほほえ)を絶やさず、じっと話を聞いている加世子の真似をした。訊(き)かれたことには簡潔に、けれども相手を決して傷つけない返事をして、その場の熱をそのままにしておく言い方を真似した。何かを頼まれたのなら、常に加世子と一緒にさせてくださいと頼んだ。

ずっと加世子と一緒にいて、その一挙一動を真似することを楽しいと思っていたのだ。ある意味では、母親譲(ゆず)りの演技力を知らず知らずのうちに毎日発揮していたのかもしれない。

一方、加世子は妙子のことをどう思っていたのかと言えば、ただ、喜んでいた。

自分のような地味で平凡な女の子を、妙子は大好きと言ってくれる。いつも一緒に遊んでくれると感謝していたのだ。妙子ちゃんが一緒にいてくれるお蔭(かげ)で、自分の毎日はまるで薔薇(ばら)色の様に輝(かがや)いている、とまで思っていた。

とどのつまりは、二人は良いコンビだったのだ。周囲もそんな二人をいつも仲良しの二人組と認識していた。

小学生の内はそれで良かった。いくら精神的に早熟な妙子とはいえ、幼かった。毎日をそうして過ごしていれば何の不満もなかったし、期待したように何の問題もなかった。大人から見ると、特別に可愛らしい女の子が、平凡な女の子と仲良しで、いつも同じことをしようとしている微笑ましい関係にしか見えなかった。

それが変化したのは中学校に上がってからだ。

そこでも二人は常に一緒にいた。クラスもずっと一緒だった。妙子は同じように加世子を隠れ蓑にして、自分は一歩下がっていることに専心しようとしていた。しかも、そうしなければならない、と常に意識して思うようになった。

そうしなければ、自分は愚鈍な同級生たちを馬鹿にしてしまうような女なのだ、と、認識したのだ。

中学に上がり、妙子には愛らしさだけではなく、美貌というものが備わってきた。色気が漂ってきた。蛹が蝶へと変化するように匂い立つような青い色香というものが滲み出してきたのだ。加えて、母から受け継いだスタイルの良さに、優雅な立ち居振る舞いだ。背筋は伸び、長い手足は光を帯びそよ風を運ぶように動いた。

つまり、掃き溜めの中の鶴だった。

もちろん、自分で直接そんな言葉は吐かなかったが、心の中ではいつもそう思っていた。さらに言えば妙子は成績も優秀だった。あまりにも良いものだから若干手抜きをして、学年では十本の指に少し劣る程度にわざと留めていたほどだ。

「つまり当時の妙子さんってとんでもなく嫌な女だったってわけよね」

「こうやって話すとそう思えちゃうけどね。でも優しい人だそうだよ」

「その優しさも結局自分を隠すために身に付けたものよね。そういう意味では本当に凄い女性だと思うけど」

「凄いよね。まさしく一時代を築いた女優さんになっているんだから」

「そこは、認める。本当に凄くて素晴らしい人。それで？　加世子さんはそのまま妙子さんの影、じゃないか、表に立ってずっと過ごしていたのね」

「もう本当にただそれだけ。それもまぁある意味では凄いことだと思うけど」

常に二人で行動していた加世子と妙子だが、段々と大人になれば、互いにどんなことを考えて毎日過ごしているのかを深く考えるようになり、自然と知れてくる。

幼い頃はただただ可愛らしく美しく華やかな妙子が傍にいてくれることが嬉しかった加世子だが、自分のことをどう思っているのか、どう扱っているのかを自然と理解してきたのだ。どんなに妙子が天才的な演技力で隠し続けていたとしても、滲み出てくるものはあるのだろう。

妙子は、自分のことを利用してきたのだ、と、中学生になった加世子は、ある日唐突に理解した。

それは打算だけではなく、本当に自分のことも好きではいてくれたのだけど、大部分は自分を押し隠すために一緒にいたのだ、ということがはっきりとわかってきた。

それで二人の仲が険悪になったというわけではない。今度はそれを理解した加世子が意識して妙子を抑えるようになっていったのだ。そもそも妙子はそんなに殊勝な性格ではない。強気なのだ。もし後先何にも考えずに行動し意見したのならば傲慢とも取られただろう。押し隠すのにも限界はある。

皆と談笑しているとき、学級で発表するとき、皆と一緒に行動するとき、加世子は妙子の一挙一動に眼を光らせ耳を澄ませた。これは危ないというときにはすかさず妙子を制した。

「そんなふうに言っては妙子ちゃんが誤解されちゃうわ」

「妙子ちゃん、慌て過ぎ。少し待ちましょう?」

「人それぞれに意見があるってことを言いたいのよね。わかるわ」

「そりゃあ妙子ちゃんだって頭に来ることはあるわよね」

そういう言い方で、妙子の言い方や行動に少し驚いた周りを煙に巻き妙子を諫めたのだ。そしてこれは、周囲のクラスメイトも理解していった。ただし、その理解の仕方が〈妙子は少しばかり浮世離れしているので、それを常識人の加世子が助けているのだ〉という、妙子にとっても理想的な形で。

むろん妙子も、加世子のその変化には気づいていた。気づいていて、何も言わずにそれまでと同じように仲の良い親友として過ごしていた。当人同士でしか理解できない感情があったのだろう。ひょっとしたらクマノミとイソギンチャクのように二人は共生していたのかもしれない。

ある事件ともつかない出来事があった。

二人が高校生の頃、日本のテレビ業界はまさしく成長期にあった。カラーテレビも普及して一家に一台の時代になっていた。

そして、スターというものがブラウン管の中に現われるようになっていたのだ。それまでの映画の〈銀幕のスター〉ではない。まさに〈テレビスター〉というものだ。それに伴って芸能人という言葉も生まれ、芸能界というものが花盛りになっていった。これからはテレビの時代だ。テレビで人気スターを生み出せばそれがドル箱になる、と考える山師のような芸能プロダクションも続々と誕生していった。

誤解を怖れずに言えば、そういうところで働く人間は、上の方に立つ人間は海千山千の連中がほとんどだった。

どこかにきっと〈金の卵〉がいる。文字通り自分たちにお金を運んできてくれる〈スター候補〉が。

そして、当然のように妙子の母である中田理津子を覚えている人間もいた。〈永遠の美貌〉と謳われた彼女はどうしている。

確か住職と結婚したはずだ。

子供が生まれているはずだ。

女の子だと聞いたぞ。

彼らが妙子のところにやってくるのにもそう時間は掛からなかったのだ。またしても表現が悪くて申し訳ないが、芸能プロダクションで働く人間は所詮危なっかしい連中ばかりと思う人も多かった。他でもない妙子の父の菅田陣清もそう思っていた。さすが人格者と評判の住職である陣清は、自分の娘である妙子がどういう女に成長したかをしっかり理解していた。ただ猫かわいがりする親馬鹿ではなかったのだ。

いつか、この子は母親がかつて存在した世界に足を踏み入れるのに違いない。そういう性格をしていると思っていた。そして、もしもそうなってしまったら、自分たちの手に負えないぐらい自尊心も強いことがわかっていた。

大人になったのならばそれもしょうがない。娘とはいえその人生を自分たちの価値観で縛ることはできない。だが、学生であるうちは決して芸能界入りはさせないと考えていた。そういうスカウトのような人間が来ても、門前払いすると決めて、実は実行していたのだ。

寺の住職という職業が幸いしたか、そういう連中が訪ねてくるのはいつも昼間だった。これがサラリーマンであれば、仕事が終わって帰宅する夜を狙ってやってきて、すぐに妙子にも知られてしまっただろう。

だが、お寺はいつでも誰でも訪れることができる。そして周りに民家もないから、どんな連中が来ても周囲に知られることもないし、仮に大層な車が停まっているのを見られたとしても誰も何とも思わない。どこかのお偉いさんがやってきていても当然と思われていた。何せ陣清はこの辺りでいちばん大きな寺の住職なのだ。

だから、妙子にそれを知られることはなかったのだ。

しかし彼らのことだ。学校の下校時などを狙って妙子に話を持ち掛けるかもしれない。誰も妙子の顔を知らないとはいえ、周囲の生徒に訊いたり、あるいは妙子を見かければすぐにわかる。

妙子は母にそっくりなのだ。高校生になってますますその美しさに磨きがかかり、誰が見てもアヒルの群れの中に白鳥が混じっているとわかったのだから。

そこで、陣清は、娘の親友であり、子供の頃からよく知っている更屋家の加世子に頼んだのだ。

「もし、学校の行き帰りにそういう男たちが声を掛けてきたのなら、決して妙子と話をさせないようにしてほしい」

陣清は加世子もどういう女の子であるかを理解していた。良い子なのだ。そして、物事を冷静に判断できる子だ。きっと役目を果たしてくれるのに違いないと。

ある日の放課後だ。

陣清の予想通り、見知らぬ男が下校し始める生徒たちを人知れず観察していた。妙子を探していたのだ。

陣清に妙子の、いわばガードを正式に頼まれてしまった加世子はどうしたか。ガードすること自体は何年も自発的にやってきたことなのだから何も問題はない。ただしそれは同級生たちの眼から、のみのガードだ。妙子が嫌われないように、彼女の傲慢さが表に出ないようにと気を配るだけの話だ。そんなのは簡単だった。

しかし、大人たちの、しかも芸能プロダクションなどというよくわからない男たちが声を掛けてきたらどうやって妙子を守ればいいと言うのか。走って逃げるのか。それにしたって妙子は男たちの正体などすぐに理解してしまうだろう。自分に芸能界が眼をつけたのだとわかれば、ずっと押し隠していたものが噴き出してきて、この関係性が崩れるに違いない。平和な毎日が消えてしまうのに違いない。どうすればいいのかを考えた結果、加世子は実に簡単で、効果的な方法を思いついた。

下校時にはいつも男子生徒を連れ歩くようになったのだ。正確に言えば、学校随一の美女である妙子を彼女にしたいと思い、積極的に声を掛けてくるような男子生徒に頼んだのだ。

「私たちを、守ってください」

理由は正直に言った。近頃、妙子の周りをうろつく不審な男たちが増えてきている。それはきっと芸能プロダクションの人たちだ。妙子をスカウトしてテレビスターや映画スターにしようと考えているらしいのだけれど、妙子はこの学校で三年間平和に皆と一緒に過ごしたいと、卒業したいと考えている。そのためにも、そういう人たちと妙子を関わらせたくないのだ、と。

「頼りになるのは、皆さんだけなんです」

悲しいかな、男は単純だ。

加世子のその言葉に奮(ふる)い立ってしまったのだ。

それまでは互いに恋のライバルだと思っていた男たちが、がっちりとスクラムを組むようにして妙子と加世子の、彼女たちの護衛(ごえい)を始めたのだ。


「本当にその年頃の男って馬鹿よね。良い意味で」

「まぁ言い返せないね」

「それじゃあ、毎日毎日下校時には妙子さんと加世子さんの周りには汗臭い男子生徒が群がっていたってことなのね」

「必ずしもそうじゃなかったらしいよ。中には頭の良い男もいたんだろうね。そういうことなら、毎日同じ男たちがうろうろしていたら変だろうってフォーメーションをいろいろ考えたらしいね」

「なるほど、肉体派も頭脳派も加世子さんは巻き込んだと」

「そういうことらしい」

「案外加世子さんって、戦略家だったってことなのね」

「そうらしいね」

単純に大人しくて良い子だったはずの加世子は、妙子という親友を持つことによって変わっていった。それまでは場の空気を壊さずに大人しくしているという、いわば消極的な平和を望んでいた女の子だったのだが、逆に積極的に、その場の空気を壊さずにキープするという術に長けていくことになっていったのだ。

そもそも、いつも二人で帰る妙子と加世子の周りには、同じ方向に帰る男子学生もいた。もちろん女子もいた。基本的に妙子は人気者なので皆が自然と集まってくる。周囲を平穏に保つ術に長けてきた加世子もいると皆も安心した。

なので、大勢でぞろぞろと帰宅すること自体は普通だったのだ。

そこに、加世子は『妙子を守る!』と強い意志を持った男子生徒たちを紛れ込ませるようにしたのだ。

そしてさらに男たちばかりではむさ苦しくなるし、そもそも何事だろう、何かが変かもしれないと妙子も勘ぐるかもしれない。

なので、女の子も誘うようになった。同級生だけではなく、上級生にも妙子を慕う女子学生が多くいた。何せ、その美貌は群を抜いていたのだ。お近づきになりたいと思う女の子もたくさんいた。加世子はそういう女の子も混ぜ、常に仲の良いグループを二つ三つ作り、ほとんど日替わりで一緒に帰るように仕向けていった。

　そのための口実はいくらでも作れた。妙子の家は大きなお寺なのだ。一緒に帰ってきて上級生下級生一緒になっての勉強会や、自分たちでいろんなサークルを作っての研究会など、寺の大きな部屋を使ってできることは何でも始めた。もちろんそれは妙子の父の陣清の許可を取ってだ。

　加世子に、「この集まりはこれこれこういうわけで、全部妙子をスカウトから守るためのものだ」と説明されて、陣清は心底感心した。まさか加世子にそんな才覚があろうとは予想もしていなかった。ついには妙子の母の理津子も引っ張り出し、彼女から日舞や華道、茶道を習うこともあった。しかも加世子の巧みな戦略は、そのいろんな会のどれもが、中心にいたのは加世子ではない他の友人だというものだ。

　あくまでもその友人が中心になって始めたもの。自分はその友人と妙子を繋ぐだけの存在としたのだ。

　それをほぼ三年間、加世子は妙子のためだけに続けたのだ。その甲斐あって、高校時代に妙子に声を掛けてくる芸能プロダクションはなかった。あったとしても周囲にいる男子高校生たちに妙子が気づく前にあっという間に追い払われた。大人とはいえ、体格のいい大勢の男子高校生に囲まれては手も足も出なかっただろう。

今でも彼らはクラス会の度に話すらしい。

〈俺たちが高校時代の妙子を守ったからこそ、今の大女優がいるんだ〉と。

しかし、それを陰からいわばプロデュースした加世子のことを覚えている人は少ない。そういう人がいたな、というぐらいだ。加世子にしてみれば、それこそ大成功という話であろう。あくまでも自分は場の中心になるような個性的な人間ではない、というわば自らのポリシーを貫き通したのだ。

妙子が高校卒業後、すぐに芸能界入りし、その後大女優への道を歩いたのはご存知の通りで言うまでもない。では加世子はどうしたのか。

加世子は、卒業後すぐに就職をした。大学に進学しても更屋家の経済上は問題はなかったのだが、本人が勉強するよりはすぐに働きたいと言い出したのだ。

自分には野心も大きな夢もない。ただ、幸せな結婚をして幸せな家庭の奥さんになりたい。そうなれるのなら、それだけでいいと。ただ、いずれ結婚するにしても、やはり社会というものはしっかりと経験したいのだと。

ならばと原史（もとし）は知り合いの電気部品工場の社長に相談した。

大手の電機メーカーの下請（したう）けをやっているところに、娘を一人事務でも製造でもいいから雇ってくれないかと。時代は高度成長期だ。人手はいくらあってもいい。ましてや更屋の姉妹の一人であればさぞや優秀だろう。優秀ではなくてもしっかりと働いてくれるだろうとなった。

自宅から通えるところでもあり、加世子はそれまでと同じように〈良い子〉のまま社会人として働き出した。事務職として入社し、きっちりと仕事をこなした。

そもそもが更屋家の人間は皆一様に真面目な働き者なのだ。浮世離れして片付けが嫌いな双子の万紗子や美津子、姉妹の中でさんざん皆に文句を言われ忠告を受ける七女の喜美子や八女の末恵子にしても、決して怠け者ではない。一を聞いて十を知るまではいかずとも、一を聞けば二、三ときっちりこなす術を心得ていた。そしてそれぞれに器用なのだ。そこはさすがに代々躾けが行き届いた更屋家というわけだ。

原史も、二、三年、あるいは本人が望めば四、五年働かせてお見合いでもさせればいいだろうと考えていた。容姿も性格も平々凡々な加世子だから、誰か素晴らしい男に見初められたり、ましてや控え目な性格なのだから自分から積極的に恋人を作ったり出来たりすることはあるまい、と。

だが、見初められてしまったのだ。

これが人生の妙というものなのだろう。

働いていた電気部品工場に、大手電機メーカーの御曹司が研修にやってきたのだ。

いずれ自分が会社を継ぐときのためにあちこちの下請けを回っていたらしい。

それが貝原健一である。

やってきた初日に工場の案内役を仰せつかったのが加世子だったのだ。

何故加世子だったのか、というのがこれがまた重役たちの失礼とも言える判断だ。

男たちばかりでは華がない。かといって社内一の美女を付けるというのも夜の町じゃないんだから失礼だ。ならば、若くて地味で聡明であればいいだろうとの理由で選ばれたのは加世子だった。もちろん重役たちも一緒にぞろぞろついて行こうとしたのだが、貝原がそれを断った。

「自分は働きに来たのだから、視察は今日一日だけ。案内もこの更屋さんだけで結構です」

そう言って、その日一日加世子が社長秘書よろしく、貝原健一に付き添い過ごしたのだ。そしてそこで、貝原健一は加世子に好意を持ってしまった。

親会社の跡継ぎである自分の前でもまったく卑屈にならず、淡々と、かつ的確に案内をしてくれた。まるで影のように控えて必要なときにはこちらが言う少し前に察知して動いてくれる。

単なる事務員なのに実に有能な社員ではないかと感心し、同時にその控え目な様子を貝原健一は好ましいと思ったのだ。そう考えると健一もただの御曹司ではなく、人を見る目を持った経営者に相応しい才覚を持ち合わせていたのだろう。

まったく人生とはどうなるかわからない。

貝原健一が正式に「加世子さんとお付き合いをさせていただきたい」と、更屋家にやってきて原史に申し入れたのはそれから半年後のことだった。貝原健一の研修が終わろうとする前の日だ。

「本社に戻るのでしばらくの間は頻繁に会えなくなるのですが、これを機に結婚を前提にしてお付き合いしたいのです」

さらにはこうも言ってきた。

「もし、許してもらえるのならば、お嬢さんを自分のところの会社勤務にさせていただきたい」

結婚まではしっかり働きたいという加世子の希望と、結婚するまでの間も自分の傍にいてほしいという健一の願いを同時に叶える案だ。

当然のように更屋家は、特に姉妹たちは沸きに沸いた。

加世子が、将来の社長夫人になってしまうのだ。更屋家も確かに多少は裕福な家柄とはいえ、貝原家はまるで規模が違う。日本有数と言っても過言ではない会社経営者なのだ。そんなところのお嫁さんに、あの加世子がなってしまうのだ。

誰もが多いに喜んだ。加世子と仲の悪い、あるいはあまりよく思っていない姉妹など一人もいなかった。

皆が加世子のことは、好きだったのだ。それはつまりいてもまったく邪魔にならないで、それどころか自分のことを全面的に肯定してくれる優しい妹もしくは姉として。だから、そのあまりにも幸運過ぎる結婚をやっかむような声もまったくなかった。

そして、結婚してしまったのだ。

そこまでのいきさつには強いて話すようなことは何もない。まったくつまらないぐらいに何事もなく、全てがスムーズに運んでいって加世子は貝原健一の妻になり、更屋家を出ていった。結婚式や披露宴が盛大であったことは言うまでもないだろう。

恭一郎にとって加世子は、結婚するまでずっと家にいて、いつも自分に優しく接してくれて、そして結婚して家を出てからは帰ってくる度にたくさんのお小遣いをくれるという、まさに理想的な〈叔母さん〉だったのだ。

「凄いわ加世子さん。何がそんなに幸運を引き寄せるのかしら」

「わからないねー。見た目も行動も何もかも普通のおばさんだからね」

「調整力とでも言うのかしらね。そういうのを自然に持ち合わせているのね。あ、じゃあひょっとして今でも更屋家の姉妹が集まったら、加世子さんはその場を、実は皆をコントロールしてるってことなの？」

「しなければならないときにはね。普段は別に気にもしないそうだけど」

「それは、加世子さんが恭一郎くんに教えてくれたの？　実はって」

「いや、本人からも聞いたけど、その前に喜美子さんやすーちゃんが教えてくれたね。実はって」

「あぁ、鬼っ子の二人ね」

「そうそう、年寄りはそう言うね。姉妹の中でも鬼っ子だったって」


ちらちらと話してはいたが、残りは更屋家の問題児と今も言われている、七女の喜美子と八女の末恵子の話になる。

まずは、七女の喜美子だ。

恭一郎が中学生になった十三歳の正月のとき、喜美子は二十三歳だ。十歳しか違わない叔母だ。年齢差でいえば姉と言ってもおかしくはない年齢である。そしてそのときに喜美子は既に夜の商売をしていた。ホステスである。さらにいえばある男性の愛人もやっていた。

従って喜美子の話をするとほとんどが子供向けではない、大人の話になってしまうのだが、まずは少女時代の話だ。

愛嬌があった。

喜美子についての印象を言うのならそれに尽きる。とにかく愛嬌のある子供だったのだ。今でこそ化粧映えのする、言葉が悪いがいかにも男好きのする顔立ちなのだが、幼い頃はとにかく愛嬌があった。

特別に可愛らしいわけではなく、整った美人というわけでもないが、笑顔が印象的だった。喜美子がにこっと微笑むと誰もがその愛嬌の良さに同じように微笑んだのだ。

誰にでも愛想が良く、人見知りなど一切なかった。赤ん坊の頃も、誰に抱かれてもニコニコと機嫌の良い赤ん坊で、それは歩き出したり幼稚園に通うようになってもまったく変わらなかった。誰とでも仲良くなるし、ニコニコと微笑んでついていくし、楽しそうにしている愛嬌のある子供。

それが喜美子だった。

そんなに愛嬌のある子供だったので、当然のように六人の姉たちは喜美子を可愛がった。歩けるようになってからは皆が喜美子の手を引いて連れていきたがった。何故かというと、あまりにも喜美子が愛嬌があるので、一緒にいると大人たちが喜んでくれるからだ。

間違いなく、更屋家の姉妹の中ではナンバーワンの人気者だった。癇癪を起こすこともないし、いつも元気に愛嬌を振りまいている。扱い難いこともまったくなかった。人気者だったのだが、ただひとつ困ったことは、誰にでも愛想よくそして人見知りをしないので、買い物に連れていったときなど、いつの間にか知らない誰かの後をついていったりしてしまうのだ。にっこり笑ってその人の手を握り、楽しそうにしているのだ。

「おやおやお嬢ちゃん、間違えちゃったかな？　お母さんやお父さんはどこかな？」

本人は覚えていないというが、おそらくその台詞を喜美子は百回は聞いているはずだと皆が言う。まぁしかし幼稚園ぐらいまでならば、それは可愛いものだ。さして問題になることもなかった。

小学校に入ってからの話だ。

それに最初に気づいたのは、二つ違いで同じ小学校に通っていた六女の加世子だ。面倒見の良い姉でもある加世子だから、休み時間に、入学したばかりの喜美子の教室まで行って様子を見ることが多々あった。

喜美子は、ちゃんと友達と仲良くやっているかな、と、観察していたのだ。

楽しそうに友達と話したり遊んだりしている喜美子を、三年生の加世子は見ていた。

あぁ大丈夫だな。喜美子はいつもにこにこしているから友達も多いな、などと加世子は安心していた。

だが、二、三回そうやって様子を見ているうちに、ふと気づいた。

喜美子はよく友達に抱きついていると。

子供同士なのだからそれは別に問題ではない。よくあることでもあるし、実際加世子もまだ三年生だった。仲良しさんとくっついているんだな、と思っていた。

だが、喜美子は誰彼の区別なく、誰にでも抱きついてくっついているようだった。

そういえば、と、加世子は思った。

喜美子は家でもかならず誰かにくっついているな、と。

「あぁ、それね。喜美子さんのスキンシップね」

「そう」

「恭一郎くんも随分苦労したという」

「本当にね。困ったよ」

「特に中学過ぎたら困るわよね」

「いや、もう五年生辺りから困っていたかな」

　そう。喜美子の過剰とも言えるスキンシップは当然のように恭一郎にも向いていた。何せ可愛い甥(おい)っ子なのだ。抱きしめたくてしょうがなくなって、喜美子は恭一郎をぎゅうぎゅう抱きしめていた。それは、恭一郎が高校生になっても続いていたのだ。

七
kyoichiro
and
Seven Aunts

改めて、更屋恭一郎には七人の叔母がいる。

その七人の叔母たちの、つまり自分の母を含めると八人姉妹の微妙な関係性に気づいたのは、恭一郎が中学一年生のお正月だ。いつもの年と同じように、結婚して家を出た叔母も家族を引き連れてやってきて、賑やかに元日の夜の食事、更屋家の恒例であるすき焼きが始まってしばらくした頃に、ふと気づいたのだ。

スキンシップが大好きな七女の喜美子なのだが、その話をする前に更屋家に住んでいたもう一人の人間の話をしておこう。

住み込みの男衆二人がいると言ったが、その内の一人の名前は井苅勇一という。

井苅勇一という男を言い表すのなら、実直、質実剛健、無口、堅物、などという言葉いかにも四角そうな言葉が次々と出てくるだろう。人は見かけに寄らないという言葉があるが、井苅勇一は見た目もそのままだ。下駄と揶揄される四角い顔に、仕事で鍛え抜かれた筋肉質の身体。どんなときでも仏頂面。それでいてどんな人間に対しても丁寧に腰を折って対応する。

その時代の男にしては、しかも職人にしては珍しく酒も飲まず女もやらず博打も打たず、ただひたすら自分の仕事を黙々とこなし、夜はさっさと寝てしまう男である。原史に言わせると「いったい何を楽しみに生きているのかさっぱりわからない」そうなのだが、もちろん、それは勇一という男をよく知るからこその愛情込めた言葉だ。

井苅勇一が更屋家にやってきたのはまだ六歳の年だった。

父親と母親が長雨による崖の崩落事故に巻き込まれて家ごと潰され死んでしまい、一人っ子であった勇一だけが奇跡的に生き残ったのだ。詳しい状況などはわからなかったが、勇一を助けた消防団の男の話では、泥と岩と土に押し潰される家の中で、二人が咄嗟に勇一をかばったので助かったのではないかということだ。

その父親がかつて更屋家でも働いた男だった。由あって別の仕事をするために離れていったが、当時更屋家の当主であった源造、つまり恭一郎の曽祖父は勇一の父親のことを買っていた。事故を知り駆けつけ、遺された子供の勇一が天涯孤独の身の上になってしまったことを知り、良ければ家で引き取ろうと話をしたのだ。勇一の身の上を知っていた近所の人たちもそれがいいそれがいいとなり、まだ六歳の井苅勇一もただ大人たちの言うことを聞き、源造の後についてきた。

当時、恭一郎の祖父である更屋原史は十八歳。つまり勇一とは十二歳の差だ。小さい弟がいきなりできたみたいで大いに原史は喜んだ。てっきり養子にするのかと思いきや、源造はこう言ったのだ。

「父親の井苅寛は立派な男だった。井苅の名を遺したかっただろう。従って、この子は井苅勇一のまま、我が家の雇い人とする」

そうして、井苅勇一は井苅勇一のまま、更屋家の子として暮らすことになったのだ。むろん、源造は勇一にも教育の機会を与えた。望むのならば、そして学力が伴うのならどんどん上の学校へ進んでいい。それは遠慮する必要はないと。

しかし、長じた勇一は職人への道を選択した。それは決して更屋家に遠慮したわけではない。小さな頃から、雇い人として植木屋や造園業の手伝いをしてきた。それは嫌々やっていたわけではなく、心底興味を持ち、好きでやってきたことなのだ。実際、勇一は十歳を過ぎて力が付いてきた頃から、実に有能に下働きの仕事をこなしていたのだ。

それを知っていた源造も、好きにさせた。十六になった年には正式に住み込みの雇い人として、給料を貰い仕事をし始めた。当時はもう二十八になり、更屋家の仕事の大部分を任されていた原史も勇一の仕事ぶりに感心し、兄弟のように育ってきたこともあり自分の右腕になってくれるだろうと確信していた。

「家族同然だったのよね。恭一郎くんにとっても勇一さんは」

「そう。家族っていうか、ほとんど父親感覚だったね」

「あぁ、そうね。年齢的にもそうか」

「そう、僕が中学生の頃には勇一さんは四十代だったからね」

「ねぇ、いくらそういう堅物の人とは言っても、女ばかりの家にずっといたわけでしょ？　その辺(あた)りは問題にならなかったの？」

「問題にはならなかったらしいけど、まぁあれこれ考えるところはあったらしいね」

実際問題、父親がおらず周(まわ)りは叔母ばかりという恭一郎にとって、勇一は父親代わりだったと言ってもいい。その頃の父親が、小さな息子に対してやるべき事柄(ことがら)は全部勇一が教えていたのだ。たとえば、キャッチボールとか虫取りとか魚釣りとか、そういうものだ。あるいは、正しい火の点(つ)け方(かた)とか、薪割(まきわ)りの仕方とか、簡単な日曜大工のやり方とかそういうものだ。

更屋家の女性たちも、真面目(まじめ)で実直な勇一に好意を持たなかった者はいなかった。誰もが、頼りにしていた。一応雇い人と雇用側(こようがわ)の関係ではあるものの、それを気にする者はいなかった。

とりわけ、さき子だ。さき子が出戻ってきたときに、勇一は三十代だった。まさしく働き盛りだった。もう二度と結婚することはない、と言っていたさき子だったが、父母である原史やトワは密(ひそ)かに〈勇一はどうだ〉という思いを抱(いだ)いていたのだ。

人柄としては申し分ない。何よりも家族の一員みたいなものなのだ。このままさき子と一緒になってもらっても、何の問題もしかも違和感もない。生まれた恭一郎は死んだ亭主の子供だが、勇一ならそんなことを気にせずに良き父親になってくれるだろうと。

直接話はしなかった。さき子の性格を考えると、こちらから話を持ち掛けると逆に頑(かたく)なになってしまうだろう。どうせずっと一緒に暮らしているのだ。二人がそれぞれにその気になるのを待てばいいのではないかと。

さき子もまた、決して口にはしなかったが、勇一との再婚を考えなかったわけではない。恭一郎が懐(なつ)いているし、何よりも働き者であり、女癖の悪い父親の原史とは正反対の誠実さが更屋家の商売をある意味で支えてもいた。

このまま勇一と夫婦になれば、それはそれで全てがピタリと収まるようでいいのではないか、と、密かに思ってはいたのだ。

勇一はどうだったのかと言えば、これがそれ、堅物なのだ。

主人の娘さんと所帯を持つなんてとんでもない、と思っていた。そもそも皆が親しく分け隔てなく自分に接してくれることだけでも心苦しいと、長年ずっと思っているような男なのだ。

自分から、さき子に結婚してくれなどと言えるはずもないし、ちらっとは考えたがその思いはひたすら打ち消していた。

さらに、さき子が勇一に近づけなくなった原因もある。

七女の喜美子なのだ。スキンシップの喜美子だ。

とにかく、人にくっついているのが好きな女の子だった。家でもずっと誰かにくっついていた。姉妹の中でも特にそのスキンシップの犠牲というか、より多くくっつかれていたのは万紗子と美津子の双子の姉だった。

特に、お風呂には必ず一緒に入った。更屋家の風呂は大きい。男衆が仕事の汗を流すためによく入るので、常に沸かしているような状態だった。恭一郎の叔母たちの小さい頃などは全員でいっぺんに入れるほどに広かった。

喜美子はお風呂に入ると必ず万紗子か美津子に密着していた。そもそも万紗子と美津子と一緒じゃないとお風呂に入ろうとしなかった。どうしてそんなに二人にくっついてくるのかと訊けば、「まーちゃんとみーちゃんの肌がいちばん気持ちよい」のだそうだ。それを聞いた他の姉妹は思わず自分の肌と万紗子美津子の肌に違いがあるのかと、触って確かめたりもした。

確かに、そう言われて比べてみれば万紗子美津子の肌はもち肌だった。姉妹の中でもいちばんの色白だったかもしれない。しかしそれもまぁ言われてみればそうかしらね、という程度のもので、皆は喜美子の文字通りの皮膚感覚に首を捻ったりもした。だがしかし、小さいうちはそれも可愛らしく感じるものだから、誰も何も言わなかった。

小さい頃の喜美子は愛嬌があって人気者ではあったが、格段にお喋りというわけでもなかった。学校の勉強はきちんとこなしていたが、特別成績が良かったわけでもないし、運動神経も普通だった。受け答えも、日々の生活も、問題があったわけでもない。つまり、愛嬌は抜群だったがそれ以外は普通の女の子だったのだ。

ただ、男たち、特に原史は長じるにつれて喜美子が醸し出す雰囲気に一抹の不安を抱いていた。

女癖の悪い原史ではあったが、基本的には人格者だ。自分の娘のことをそんな風に言ってはトワも気に病むだろうと一切口にはしなかったが、小学校高学年、中学生となっていった喜美子のことを〈男好きがする女になる〉、と、思っていたのだ。

俗に〈色気がある〉、などと言うが、それと〈男好きのする女〉とは厳密には違うと原史は思っていた。ひと括りにしてしまえば〈色気がある〉で終わってしまうのだが、色気は後天的にも身に付けられるものだ。そもそも女には生まれながらにそういうものが備わっていると原史は思っていた。

たとえば色気には〈艶がある色気〉もあるだろうし、〈凄みのある色気〉もあるだろうと。男にだって色気を醸し出す者はいる。それは年を重ねると共に身に付いてくるものだ。

だが、〈男好きのする女〉は違う。生まれついて、そういうものなのだ。天性のものなのだ。

そういうことを、実は原史と勇一は話し合っていた。喜美子が中学二年生の頃だ。さき子が家に戻ってきて恭一郎を産んで、三、四年経った頃だったろうか。

兄弟のように育ってきた原史と勇一なのだから、主人と住み込みの従業員といっても腹蔵なく話し合うことはできる。原史は仕事でも私事でも、何か困ったことがあると勇一に話を聞いてもらうことがよくあった。自分とはまったく違うタイプの男である勇一の意見は、実に貴重なものが多かったのだ。

「原史さん、実は喜美子さんのことなのですが」

普段は社長と呼ぶが、二人きりのときにはそう勇一は呼ぶ。

「どうした。何かやらかしたか？」

夜中の原史の書斎である。トワが掃除のときに入るぐらいで、後は子供たちも一切立ち入らせない男の聖域である。ここでなら、思う存分どんな話でもできた。

勇一が顔を顰めた。

「やらかしたわけではないのですが、実はここのところ私の身体を触りに来るのです」

「触りに来る？」

きょとん、と原史は眼を丸くした。

「それはいつものことじゃないのか。くっつき喜美子、くっつき喜美子だろう」

くっついてくる喜美子、くっつき喜美子、そしてくっつ喜美子と変化して、家族の間ではそんなふうにからかっていた。勇一も家族同然に暮らしているのだから、例外ではない。

「いえ、いつものではなく、私の裸を触りたいと言ってくるのです」

「裸をぉ？」

客の現場ではそういう姿を見せることはないが、敷地内で庭の手入れなどをしているとき、男衆は上半身裸でいることはよくある。よくあるどころか、冬以外は大体そんな感じだ。上半身裸の男たちがその辺をうろうろしている。

勇一がそうして仕事をしているところに、ふと気づくと喜美子がいると言う。学校帰りでセーラー服のままこっちを見ていると。

「お帰りなさい、と言うと、ただいまと言って近づいてくるのです。そして、私の身体をぺたぺたと触ってくるのです」

ただ無邪気に手で触るのならば別に問題はない。生まれた頃から知っている女の子だ。親戚のようにも、あるいは妹のようにも、また自分の娘のようにも感じている。笑っていくらでも触れと言ってやる。

「ですが、この胸に頬を寄せてくるのです。ぴったりと密着し、その内に裸で抱き合いたいと言ってくるのです」

「裸でだと？」

「何故だと訊くと、とにかく肌を合わせたいと。それだけでいいんだけど駄目か、と言ってくるんです」

原史と勇一は互いに顔を顰めて見合ってしまった。

「それは、どういう意味でなんだ？　お前に抱いてほしいと？」

「まさか。まだ子供です。男と女のそれではないのでしょう。とにかく男性の肌というものに身体全身で触れてみたいのだという欲求なのではないかと」

ううむ、と、原史が唸ったのは言うまでもない。古い時代のことだ。そういうのは何々症候群だとか、これこれの精神的なものなどという概念も一般の人間にはない。とことん喜美子という女は肌を合わせたい人間なのだな、そういう性質の女になってしまったんだなと理解した。

「そういう女はいる」

原史が唸るように言った。曰く、肌を合わせていると安心する。別にどうこうしてほしいわけではない。ただそれだけでいいのだと。

「なんとなく、わかるわ」

「わかるの？」

「わかる。安心しない？　布団の中で肌を合わせていると。それはまぁあくまでも好きな人とだけど」

「安心はしないなぁ。温かいとか感じるけど。それに男はただもうやってしまったら終わりだし」

「そういう言い方はしないでって言ってるでしょう」

「すみません」

「でも、喜美子さんの気持ちは理解できる。少し過剰だけどね」

「少しどころじゃないんだよ」

　その時点での喜美子に、つまり中学生の頃の喜美子に性的な欲望があったわけではない。誓ってそれはまるっきりなかった。純粋にという言い方も何だが、ただ男性と肌を合わせてみたかっただけなのだ。それは女性とはどう違うのかという純粋な興味だった。むろん、それは十二分にはしたないことでもあると理解していた。

　理解はしていたが、頼むのは勇一さんなんだし、別にそれぐらいはいいじゃないと思っていた。

　つまり、喜美子はその頃から自由奔放な女へ変わっていく片鱗を見せ始めたということなのだ。

原史はどうしたか。

勇一から話を訊き、今はまだ単純な子供の欲望なんだと理解はした。しかし、将来喜美子が性に目覚めたらどんな風になるかとぞっともした。実際、そういう女とのアバンチュールが原史にはあったからだろう。まさか我が娘がそんな女に、とも思ったが、自分のことを考え、いやこれはさもあらんか、とも思ってしまった。

あれこれと悩んだ末に、原史は勇一に頼んだのだ。喜美子のお願いを聞いてやってくれないか、と。もちろん、勇一は驚いた。

「お前だから頼める」

原史は言った。まだ子供の喜美子だ。ひょっとしたら、お前以外の男へそんな願いを言うやもしれない。そんなことになったら大変だ。今のうちに、身内で何とかできることなら何とかしないと拙いことになる。

「だからと言って要望の通りに素っ裸で抱き合えとは言えん。いくらお前が堅物でも蛇の生殺しかあるいは間違いを犯さないとも限らん」

「当たり前です。俺も男です」

そんなに信用してもらっても困ると素直に勇一も言った。

「だからだ。上半身裸で、昔みたいに抱っこしてやる分にはいいぞと言ってやってくれ。そしてそれで満足してくれと。決して他の男性にそんなことは言わないでくれと約束させてくれ」

「いやしかし」

「まさか父親である俺で満足しろとも言えんだろうし、頭ごなしに怒鳴りつけるかあるいは殴ったところでどうにもならんだろう。そういうものは、どう言えばいいか、そう、性癖みたいなものなんだ。直しようがない」

原史の言葉に、勇一も唸った。

無茶苦茶なようだが、原史はその時点では最善の策を取ったといえる。喜美子がそれで満足したからだ。

「したのね」

「したらしいね」

「何か、凄いわ。時代掛かっていて。じゃあ、二人で上半身だけ裸になって抱き合ったっていうわけ？」

「そういうこと」

「じゃあ、それでお母さんのさき子さんとの話も消えたってことになる、と」

「まぁそうなんだろうね」

　何度もそうしたわけではない。三回ほどで喜美子は満足したそうだ。いや、満足したというより、高校生になってしまって別の方法で自分の欲望を満たしたので、勇一はお払い箱になったと見るべきか。

　もちろん、これらのことは原史と勇一と喜美子の間だけの秘密だった。他の誰にも知られることはなかった。

　だが、喜美子とそんなことをしてしまった勇一にしてみれば、ただ抱き合っただけだとしても、それは許されないことをしてしまったという思いに囚われてしまったのだろう。元々さき子を嫁に娶るなんてとんでもないと思っていたのだから、きっぱりとその線はなくなってしまった。考えもしないようにしたし、ほんの少しであろうと思わせぶりな態度など一切見せないようにした。それはさき子に冷たくするなどというものではなく、自分は雇われの身。昔で言えば奉公人。奉公先のお嬢さんとどうにかなるなど滅相もない、というそれまで通りの態度を貫き通したということだ。

　事情を知らないさき子も、勇一の態度から何かを察したのだろう。元々もう二度と結婚はしないと公言していたのだから、そのままだった。一生誰の妻にもならず、恭一郎を育てたのだ。

「勇一さんが可哀想でしょうがないわ」

「でも、その後にちゃんと結婚したから」

「したのね」

「うちとはまったく関係のない女性とお見合いしてね。だから喜美子さんとのことは永遠の秘密だよ」

「秘密って言っても、恭一郎くんが知ってるんじゃない」

「それは、喜美子さんが教えてくれたから」

「凄いわよね」

「何が」

「だって、叔母様たちはこうして軒並み恭一郎くんに自分の秘密を全部さらけだしているんでしょう？　どれだけ信用されているのか、それとも恭一郎くんが違う意味でのおばさまキラーなのか」

「だから、それは僕にもわからないって。話を聞かされたら聞くしかないでしょ甥っ子としては」

「よっぽど愛されているのよね。七人の叔母様方に」


その後の喜美子の話をすると、お察しの通り色っぽい艶っぽい話ばかりになってしまう。エピソードを語ればそのまま官能読み物になってしまいそうな程に。

だからと言って、喜美子が妖婦などという話ではない。そちらの方面は確かに好きではあったし、その当時の世間様の常識から判断すると明らかに外れた感覚の女性ではあったが、決して淫乱の性質というものではなかった。

恭一郎との話をしよう。

他の叔母と同じように喜美子は恭一郎を可愛がった。その可愛がり方はもちろんスキンシップだ。何かというと、恭一郎を後ろから抱きしめ頬ずりし、その頬にキスをした。

話した通り、恭一郎は美男子と言える程ではなかったが、整った、明らかにモテる顔立ちの男の子だった。すっきりとした目鼻立ちに、優しい微笑みに、子供の頃から少しハスキーな声。これで成績優秀でスポーツ万能であったらイヤらしいぐらいにモテ男だっただろう。ただ逆に、ほんの少しずつ完璧からズレているところがまた渋いと思わせるような男だった。

恭一郎が小学校を卒業した頃だ。健康な男子なら、女の子への健全な興味を抱く年頃だ。恭一郎も例外ではなかったが、何しろ女性に囲まれた暮らしをしていたものだから、ある程度の免疫はあった。

つまり、女性の裸などはしょっちゅう見ていたのだ。叔母が七人もいれば、風呂上がりのしどけない姿やあられもない姿など何度も目撃していた。まだ小学生であれば叔母たちも平気で恭一郎の眼の前で着替えなどもした。もちろん、子供の頃から一緒にお風呂に入るのは叔母ばかりだったのだ。

そういう免疫はあったものの、やはり健康な男子であった恭一郎も性への目覚めはあったのだ。

もうすぐ中学生になるというある日の夜。更屋家の二階の奥の角にある恭一郎の部屋へ入ってきたのは、当時二十二歳になっていた喜美子だった。どこかで酒を飲んで帰ってきたらしく、夜の十一時を回っていた。まだ中学入学前だったが、休みということもあり、その時間に恭一郎は起きていた。むろん、喜美子も恭一郎の部屋に明かりが点いていたので、忍んできたのだろう。何しろ広く人数も多い更屋家だ。喜美子が夜中に恭一郎の部屋まで行ったとしても、誰も気づかない。

明らかに酔っぱらっていた。酒臭い息をしていた。「きょういちろう～」と呼んでしなだれかかってきた。そういう喜美子を何度も相手にしているので、恭一郎も慣れたものだった。

「喜美子さん、水持ってくる？」

「お願いねぇ」

台所まで行ってコップに一杯水を汲み、部屋まで持って帰る。ついでにお茶の用意もしてあげる。話が長くなると熱いお茶を飲みたいと言い出すのもわかっているからだ。

「はいどうぞ」

子供らしくない大人びた笑顔を見せて恭一郎はコップを渡す。ベッドに寄り掛かっていた喜美子もそれを受け取り、飲み干す。ふう、と息を吐いて、喜美子はにこりと微笑む。

「恭一郎、おいで」

腕を広げて恭一郎を呼ぶ。これも慣れたものなので、はいはい、と恭一郎は喜美子に近寄り、抱きしめられる。

「ねぇ恭一郎」

「なに」

喜美子はほんの何センチの距離で、恭一郎の顔を見つめる。

「あなたね、絶対に女にモテるから気をつけなさいね」

「わかってる」

「こうやってね、可愛い女の子に抱きしめられても、欲望のままに行動しちゃ駄目。それじゃあおじいちゃんと同じになっちゃうわよ」

「何度も聞いたよ喜美子さん」

悪戯っぽく、チュッと唇を軽くぶつけるように合わせて、にこりと喜美子は微笑んだ。叔母と甥でキスをするのかと驚くまでもない。何せ可愛がられた恭一郎だ。頰への接吻、俗に言う挨拶程度のライト・キスなどはほとんどの叔母が隠すこともなく恭一郎にしていたし、唇へのソフト・キスなども喜美子や末恵子はしょっちゅうしていた。恭一郎もそれに慣れてしまっていた。

それが恭一郎の性格を作った点は否めないだろう。

実は恭一郎の初めての体験の相手は、既に経験済みの年上の女性だったのだが、その日が恭一郎の初めての行為だったとはまったく気づかなかった。むしろ、この子は随分と経験豊富なんだわと驚いていたぐらいの落ち着きようだったのだ。それもこれも、ほとんど全部喜美子のお蔭というか、このスキンシップのせいだった。

「女の子には誠実に、慎重に、優しく。それを絶対に忘れないでね」

「わかったよ」

日本における性教育などというのは、恭一郎の子供の頃にようやく出てきた概念である。だが、喜美子はそれを恭一郎に実践していた。実践と言っても叔母と甥の禁断の云々などという官能小説のような展開にはならない。行動で、ではない。こうした、言葉と態度でだ。女の身体を感触として確かめさせ、自制心を養い、教育していった。

この可愛い甥には、絶対に父親のような、女にだらしない男にはなってほしくないと、常に思っていた喜美子なのだ。その方法論の是非はともかくも、そういう一面を喜美子は持っていたのだ。

「私ねぇ、恭一郎」

「なに?」

「そろそろお仕事するから」

「仕事?　何するの?」

恭一郎を抱きしめながら、喜美子は言う。

「夜のお仕事」

「夜の仕事？」

そう。この頃から喜美子は夜の仕事、ホステスを始めるようになる。二十二歳の頃だ。

喜美子は高校卒業後、就職はしなかった。

自分は真面目に働くのは向いていないと、高校時代に既に原史やトワに宣言していたのだ。では何をするのか、と、問うた原史に、喜美子はしばらくの間は家業の手伝いをさせてくれと頼んだ。女なので力仕事はできないが、事務や営業のようなものはできるはずだと。

原史もトワも、うむ、と頷いた。実際のところ、学校の成績は良くなかった。素行も、不良というわけではないが良くはなかった。授業中は起きているより寝ている時間の方が長かった程だ。従ってテストの点数などは思わず眼を背けたくなるほどだった。抜群に成績の良かった与糸子が付きっきりで勉強を教えたりもしたのだが、匙を投げた。「あの子は勉強にまるっきり向いていないわ」と、教え上手の与糸子がそこまで言い放つ程だったのだ。従って、運良くどこかに就職しても会社に迷惑を掛けるのがオチだと原史も思っていた。

何より、高校時代を経てすっかり男好きのする女になってしまっていた喜美子に、原史は戦々恐々としていた。いつどこでどんな男と付き合うかわからない。ならば家に居てもらった方が安心と思ったのだ。愛嬌だけは相変わらずある。勉強はできないが、人当たりは良い。機転も利く。行儀作法や生活の知恵みたいなものはしっかりと身に付けている。それだけは確かだ。ならば、営業などもできるだろうと判断した。それで、喜美子は家業をずっと手伝っていた。経理などの計算などやらせた日にはどんな間違いをしでかすかわからない。

世の中は女性の社会への進出が叫ばれ始めた頃だった。誰かにつかせて我が家初めての女性の営業職というのもありだろうと原史は考えた。

植木屋、造園業を営む更屋家は古くからの顧客を多く抱えて経営は安定こそしていたが、これからの時代はもっと新しい分野への進出も考えなければならない。経営者としては有能だった原史はそう考えていた。喜美子が、その愛嬌の良さと機転の利く性格で何か良きものを我が家に与えてくれるかもしれないと、微かな希望も抱いた。

だが、それもこれも、全て喜美子の計算通りだった。

喜美子は、実にしたたかな女性だったのだ。やはり更屋家の女だったのだ。自分がどういう女であるかというのは、高校生の頃にははっきりと理解していた。

さき子みたいに生家を守るようなストイックな生き方はできない。志乃子や加世子のように、家庭に収まり良妻賢母を演じられるような女ではない。万紗子や美津子のような独特の感性や商才はない。与糸子のように頭はよくない。

自分は蝶々だ。美しい姿で、美しい花から花へひらひらと飛び回り、そして美しいままで死んでいく。そういう生き方しかできない女だ。男にちやほやされたり、男を手玉に取ったりするのが好きなのだ、と。

そう、喜美子はある意味では父親である原史に似たところを多く持っていた女性だった。自分でもそれに気づいていた。そして、女好きで家族を困らせた父親に対して、その父親に何も言わずにただ付き従う母親に対して、二人に同族嫌悪というか、エディプス・コンプレックスのようなものというか、はっきりと表現は自分でもできなかったがそういうものを抱えて生きていたのだ。

家業を手伝い、更屋家初の女性営業職を張り切ってやっていた喜美子だったが、その目的は〈男探し〉であった。

その方面の、変な意味ではない。

自分を輝かせてくれる、蝶々として美しく羽撃かせてくれる男はどこかにいないかと探し求めたのだ。

つまり、金と広い度量を持つ男だ。

　自分の父親よりもはるかに。

　造園を頼むのは、基本的にはお金持ちだ。裕福な人間たちだ。大きな庭を持つ経営者などだ。そういうお金持ちの中に、自分に愛情と金を注いでくれる誰かがいるのではないかと、密かに探すために、家業の営業職に就いたのだ。

「なんか、もう、本当に感心するわ更屋家の女性たちには」

「ねぇ、本当に」

「それ作り話じゃないのよね？　本当に喜美子さんはそれが目的で、営業の仕事をしていたのね？」

「本当だよ。本人がそう言ったんだから」

「すごいわー。感服するってこういうことね。要するにパトロン探しをしたのよね？」

「ぶっちゃけそういう話です」

「そしてそれは、成功したのよね。今も喜美子さんはバーのママであり、オーナーよね」

「大成功してるよね」

パトロン探しなどと言っても、ただ男漁(おとこあさ)りをして仕事は何もしていなかったわけではない。実際のところ、喜美子が営業職に就いてから、新規顧客はどんどん増えていった。その数は原史が眼を丸くするほどだった。

正直なところ、造園などは頻繁(ひんぱん)にするものではない。一度造ってもそれが完成ではない。植えた植物が長い時間を掛けて育ち、初めて理想とする形が出来上がっていくものである。それを管理育成するのも造園業の仕事のひとつ。新規顧客開拓は、「お宅の庭を一度壊して新しくしましょう」と大胆(だいたん)な提案をするものだ。そうそう獲得(かくとく)できるものではない。

だが、喜美子はそれをあっさりとしていったのだ。

八
kyoichiro
and
Seven Aunts

そして、更屋恭一郎(さらやきょういちろう)の七人の叔母(おば)である。

その七人の叔母たちの、つまり自分の母を含めると八人姉妹の微妙な関係性に気づいたのは、恭一郎が中学一年生のお正月だ。いつもの年と同じように、結婚して家を出た叔母も家族を引き連れてやってきて、賑(にぎ)やかに元日の夜の食事、更屋家の恒例であるすき焼きが始まってしばらくした頃に、ふと気づいたのだ。


自分を輝かせてくれる男。

有(あ)り体(てい)に言ってしまえばお金を持っていて自分に貢(みつ)いでくれてしかも煩(うるさ)いことを言わない都合の良い男を探すために、実家の造園業の営業をしていた喜美子(きみこ)だが、その営業能力の高さには誰もが舌を巻いたのだ。

喜美子が営業職に就(つ)いて一年経(た)った頃には、喜美子が取ってきた新規顧客(こきゃく)の仕事で更屋家は大忙しになっていた。それまでの仕事量の倍近くの仕事が回っていたのだ。しかも、本業ではないものも多くあった。いわゆるリフォームの仕事だ。

庭を新しく造り直すのであれば、それに合わせて家の改築をしてしまってはどうか、という話だ。

父である原史(もとし)は文字通り眼を剝(む)いた。

家と庭を同時に造る場合は除いて、普通は既(すで)に建てられている家に合わせて庭を造るものだ。あるいは多少、家屋の雰囲気にはそぐわないかもしれないが、庭は庭として完結させて造る。それが常識だった。それなのに喜美子は庭を造るのに合わせて家をリフォームする仕事まで、更屋家の仕事として取ってくるのである。

それは、受けられない話ではない。

造園業も建築業も広い意味では同じ畑の業種だ。横の繋(つな)がりもあるから、取ってきた仕事を建築業者に回すことはできる。仕事を回せばそれだけ更屋家には取り分が発生する。さらに、その家の増改築も更屋家が管理監督するとするなら利益分もまた増える。むろん、喜美子が取ってきた仕事なのだ。しかも庭に合わせて家を増改築するのだから、当然主導権は更屋家にある。

そして喜美子は、単にそういう仕事を取ってくるだけではない。造園や家屋を増改築するに当たって、ぴったりの職人や建築士を探してくる才もあったようだ。しかも、著名ではなく無名の若者だったり、在野の埋もれた人材の中からだった。そうして、喜美子が連れてきた人材は実に素晴らしい仕事をしてくれた。顧客も喜び、職人も良い仕事ができたと喜び、更屋家は収入が増えたのだからまさに良いことずくめだった。

「すごいわね喜美子さん。人を見る目があるってことなのね。それだけ実績を残してしまったんだから」

「そうなんだろうね」

「どうやってそんな人材を探してきたの？　それよりもその営業力はどこから？　やっぱり愛嬌なの？」

「広い意味では愛嬌なんだろうね」

「広い意味では、ってことは、やはり女の武器ってこと？」

「どこまで本当かは、あくまでも本人の弁だから確かめようもないんだけどさ、言ってたよ」

「なんて」

「酒場には人生が転がっているって」

どのように顧客と知り合い、仕事を取ってくるのか。基本的には取ってきて契約書を交わしているのだから原史も詳細を訊くことはなかった。訊くのが怖い、と思っていた節もある。後になって修羅場になっても困るんだぞ、と、遠回しにもならない表現で喜美子に言ったことはあるが、喜美子はただ笑って言った。

「そんなんで仕事が取れるのなら、私はこの十倍も顧客を増やすわよ」

つまり、身体など張ってはいないと。

「まぁ女の武器は愛嬌って言うでしょ」

その愛嬌だけで取ってきていると説明したのだ。しかし、実際に仕事を行う段階で、一体誰からの紹介だ、と、原史が訊いたことがある。喜美子が新しい職人や建築士などを連れてきたときだ。契約はいい。契約書さえあれば問題はない。しかし現場で使う職人や建築士は別だ。腕が良い確かな人間でなければ困るのは原史たちなのだ。

そのときに喜美子は言ったそうだ。

「酒場からの紹介よ」

更屋家の女性はおしなべて酒には強い。いや、そもそも女性ががばがばと酒を飲むのははしたないと思われていた時代の女性ばかりだが、盆暮れ正月などの年中行事の際には無礼講となるのが更屋家の常だ。そのときばかりは女性たちも遠慮なく盃を干したが、その盃が乾く暇もないほどに皆がよく飲んだ。しかも潰れることもまずなかった。

その中でも喜美子は一番酒が強かっただろう。営業の仕事はお付き合いからと、毎晩のようにお客さんたちと飲みに行っていた。

むろん、営業と同時に自分のパトロンを探していたのだが、同時に腕が立ち自分の役に立ってくれる男衆を集める目的もあった。

「良い職人は酒の飲み方も上手なのよ」

それが喜美子の持論でもあった。それは確かに一理あるかもしれないと、原史も頷いた。酒の席で失敗する人間も多いだろうが、そもそも仕事をきちんとやれる男は自分を律することもできる。となると、酒の上での失敗談というのもそうそうないものだ。酒に飲まれるような男は仕事でも大したことはできないという話にもなる。

毎晩のようにお金持ちたちと飲む、不動産業の連中と飲む、建築業界の人間と飲む。そうやって情報を集め、人を集めていくのが喜美子のやり方だったのだ。

男を見る目は確かだったのだろう。

その確かな目で一年、二年、三年と喜美子は営業の仕事をこなしていった。集めた職人や建築士たちも確かな仕事をしていった。良い仕事をすれば評判は上がる。それは口コミでどんどん広がり、更屋家の年収をさらに増やしていき、これはもう喜美子は近いうちに原史の右腕として更屋家を支えていくのではないかと皆が思い始めていたとき、唐突にそれはやってきた。

喜美子が、営業職を辞すると言ってきたのだ。

もう家の仕事はやらないと。

原史は眼をぱちくりさせて、辞めてどうすると訊いた。

「自分のやりたいことをやります」

「やりたいこととは、何だ」

「夜の商売です」

喜美子は二十一歳になっていた。

ようやく、自分の我儘を聞いてくれる男を見つけたのだ。

後に喜美子の夫となる田島邦和は、この時三十九歳。妻子持ちの男性だった。

田島邦和はそもそもの家柄も良く、一流の国立大学を出て一流の貿易会社に就職し、三十の時に野望を持ち独立した。

立ち上げた小さな貿易会社をわずか三年で、一流と呼ばれる元の会社に肩を並べるような業績まで押し上げた、才のある男だった。

才はあるが、姿形やご面相はさほど飛び抜けているというわけではない。体格は確かに良いが顔立ちは地味だ。およそ切れ者という印象もない。ただし、ぎょろりとした黒目がちの眼には、初めて会った人間でも何かしらの力を感じるものがある。

そして、地味な顔立ちだが、行動は地味ではないし品行方正な男でもなかった。英雄色を好むと言うが正にそれを地で行くような男だった。

大して良い男でもないのに金持ちが何故女の気を引くかというと、正に金の力である。お金を持っていることの余裕が態度に表れ、なおかつ使い道を心得た男は多少不細工だったとしても女の心を摑んでいくものだ。

妻子持ちの身でありながらも、喜美子と出会ったときの田島邦和には愛人のような女が三人いたと言う。

一人は銀座のホステスで一人は自分の秘書、もう一人は幼馴染みのような女性だとか。その三人にきっちり金をあてがいながらも、その他の別の女とも日毎夜毎に遊び、なおかつ会社の利益を倍々に伸ばしていたのだからもうどうしようもない。

悔しいことに世の中にはそういう男が必ずいるのだ。

その田島邦和の家の、庭造りの仕事を喜美子は取ってきたのだ。

出会ったのはもちろん酒場だ。

田島邦和の愛人のホステスがいるバーに、たまたま喜美子は取引先との付き合いで出向き、そこに田島も飲みに来ていたという話だ。

後から田島が語ったところによると、喜美子とは会った瞬間に「気が合うな」と感じたらしい。

むろん、根っから男好きのするタイプの女に成長していた喜美子である。そっちの方面でも田島は充分（じゅうぶん）に魅力を感じたのだが、第一印象はそれを抜きにしてとにかく〈これは気が合う女だ〉ということだったらしい。

商売の才がある人間というのはえてしてそういうものらしいが、自分が持った印象を最後まで大事にするらしい。そこに打算はないと。よく成功した人間ほど、何故そんなものにお金を？　と思う使い方をするらしいが、それは損得抜きで自分が気に入ったものを大事にするからかもしれない。

とにかく田島は喜美子を気に入り、造園業を手掛ける会社の娘だと知ると、すぐに自分の家の庭の造作（ぞうさく）をやってほしいと言ってきた。

そして、喜美子が二つ返事で請け負った田島家の庭造りだが、どんなに金を掛けてもいいから今よりマシにしてほしい、などという大雑把（おおざっぱ）な話ではなかった。田島邦和は後日に自分で庭の絵図を引いてきたのだ。

「この家を建てたときは仕事に忙しくて任せきりで何もできなかったので、一からきっちりやりなおしたい」

そういう話だった。

元々絵心はあったらしい。金にあかせて美術品を集めて悦に入っているような俗物ではなく、美術芸術に造詣が深く、しっかりとした審美眼を持っている男だった。打ち合わせのために初めて田島家を訪れた喜美子は、部屋を飾る美術品の数々を眼にして、すぐにそれを感じとったらしい。

（この男は、只の金持ちじゃない）

喜美子は、古美術に才を発揮する万紗子美津子の妹であり、美大に通い芸術に才を持つ末恵子の姉だ。そういう方面に詳しくはなくても、ある程度の勘を持っていても不思議ではない。

田島の出してきた絵図を元に更屋家の職人たちが練った造園案を、田島邦和は大いに気に入った。そしてもちろん、言った通り喜美子のことも気に入っていた。

二人がそういう関係になるのにまったく時間は掛からなかった。

そうして、深い関係になった後に喜美子が持ち出した話を、田島は全面的に受け容れたのだ。

「私を輝かせてほしい。そうしてくれれば私はあなたに私の一生を捧げる」

田島邦和にとっても喜美子はそれだけの価値がある女と映ったのだろう。「わかった」とただ一言で、喜美子の望みを叶えることにした。

しかし喜美子は何も田島の全てが欲しいと言ったわけではない。単純にパトロンになってほしいとだけ言ったのだが、田島の思いは違ったのだ。

田島邦和は喜美子と出会ったことで、自分の〈遊びの時間〉を終わりにしようと決めた。三人の愛人とは全部手を切ろうとした。かなりの修羅場があるであろうことは簡単に想像できたが、それでも、時間と金と精神的な苦痛を費してでも、喜美子を手に入れることを田島は選んだのだ。

「愛人とは全部切れる。そして、妻とも別れる」

驚いたのは喜美子の方だ。そんなつもりはまったくなかった。妻子がいようが構わないし、愛人の四番目でもいい。パトロンにだけなってくれれば良かったのだ。それでも、そんな風に男が言ってくれて喜ばない女はいない。ただ、修羅場だけは勘弁してほしかったので、慎重に事を進めてほしいとお願いした。

それなりに時間は掛かったようだ。

いろいろと意見はあるだろうが、かなり後にその話を聞いた原史は「さすが一国一城の主となる男は、それも一流と渡り合うような男は覚悟が違うものだな」と感心したと言う。自分とはタイプが違うとはいえ、同じように女癖の悪い男同士で何かわかりあえるところがあったのかもしれない。

喜美子も喜美子でただ我儘を言うだけではなく、田島が何もかも全部切り捨てて自分のために動けるようになるまで、文句ひとつ言わずにずっと待っていたという。もちろん、夜の商売をしながらだ。

自分のお城となる豪華な店を持ち、そこでママとして、いや本人の弁によるとマダムとして君臨し、やってくる男たちから金を吸い上げる。蝶よ花よと扱われる。それが自分の人生、というそれこそ絵図をしっかりと描き、ただひたすらその時が訪れるのを待っていたのだ。

「感心どころか感動するわね」

「そうかな」

「するわよ。その二人の人生だけでもう三冊ぐらい本が書けそうじゃない。朝ドラは無理でもＮＨＫで五話連続特別ドラマとか撮れるわよ」

「まぁそういう観点ではね」

「だってその二人はちゃんと夫婦になったんでしょう?」

「なったね。それから十年ぐらい掛かったけれど」

「やっぱりドラマになるわよ。田島さんに捨てられた人たちも含めて。まぁ自分のことで考えるとそんなドラマに巻き込まれたくないとは思うけど」


自分の娘が夜の商売を、ホステスになってクラブで働くと宣言したときに、父母である原史とトワはどうしたか。

もうどうしたこうしたもなかった。年齢的にも大人になっていたのだから、殴って従わせるわけにもいかない。親としては泣いて懇願するわけにもいかない。ましてや喜美子は数年間家業を手伝い、とんでもない業績を上げてきたのだ。

「娘としての責任は果たしたつもりよ」

そんな風に言われてしまったなら、もう原史もトワもぐうの音も出なかった。

ただ、世間体の問題はある。少なくとも更屋家は界隈では名家なのだ。名家の娘が家にいながらにして夜の街に通いホステスをしているなどとは、とんでもないことなのだ。

時代はまだそういう時代だった。夜の街で働く女は、一部を除いてはそのほとんどが〈不幸な女、わけありの女〉という眼で見られるのが一般的だったのだ。

「どうしてもホステスをやるのならば、家に置いておくわけにはいかん。金は出してやるからどこへなりとも行って一人で住むがいい」

原史はそう言ったが、喜美子はそれを撥ね付けた。そうして、その理由を滔々と説明した。

自分は将来は店を持つつもりだ。もちろんある程度は他人にスポンサーになってもらうつもりだけど、自分のことは自分でできる程度には金は貯めなきゃならない。

「私の貯金は姉妹の誰よりも多いはずよ」

実際のところそうだった。喜美子はこの数年間、家で働いて給料としてもらったお金をそっくりそのまま貯金に回していた。付き合いで飲みに行く以外は、遊び歩くことなどほとんどなかったのだ。

「なので、申し訳ありませんがこれからも自分の店を持つまでは家に住まわせていただきます」

それ以外は自分のことは自分でやります。お金を入れろと言うのなら、家賃及び食費として幾ばくかは支払います、と、きっぱりと宣言されては、原史もどうしようもなかった。そもそもが、娘たちを愛する父親なのだ。力ずくで追いだすような真似ができるはずもない。そういう覚悟があるのならば、親としても受け容れなければならないと、原史も覚悟を決めたのだ。

それからもずっと、田島に金を出してもらい自分の店を持つまで喜美子は一緒に住んでいた。夜の街で働きだした喜美子のことを訊いてくる人間に対して、原史はこう言って顔を顰めるだけで済ませた。

「娘もこれだけ多いと、一人ぐらいどうしようもないのは出るものだ」

姉妹たち、さき子も志乃子も万紗子に美津子に与糸子も加世子も、これぱかりはどうしようもなかった。それぞれにそれぞれの立場と性格で喜美子を諭したり、泣き落とそうとしたり、叱咤はしたのだが、元より姉妹たちの意見などそんなものを聞くような女ではなかった。

ただ一人、喜美子を支持したのが末っ子の末恵子だった。

「いよいよ最後の叔母さんね」

「そう。末っ子の末恵子、すーちゃん。この名前もどうなのよっていつも言ってたね」

「ちょっとね。まぁその時代のネーミングなのでわかるけど。末恵子さんは、喜美子さんよりさらに私たちに近いから何かと理解し合えそうね」

「まぁそう。七歳しか違わないし」

「まさしくお姉さん感覚だったんでしょ？」

「そうだね。すーちゃんもそう思っていたよ。僕が生まれたときには七歳だったんだからね。弟ができたって喜んでいたってさ」

「すーちゃんに関しては少し聞いてたけど、いろいろと触れてほしくないところがあるんでしょ？」

「まぁね」


八女の末恵子である。

長女のさき子と八女の末恵子では、十三歳もの開きがある。

十三年というのは、十年一昔という言葉が示すように大きな違いが出てくるほどの年月だ。わかりやすい話をするのなら、さき子の子供時代にはラジオさえない家庭もあったが、末恵子の子供の頃にはもう当たり前のようにテレビがあったほどの違いだ。

従って、さき子と末恵子の感覚には相当の開きがあった。

末恵子が若者であった時代には自由の風が吹いていた。女にも男と同じ権利と自由があると叫ばれ、三歩下がって夫の後を黙ってついて歩くなどというのはナンセンスなどと言われた。その風を受けて末恵子もそういう若者になっていったのだが、まずは子供時代の話だ。

七人の姉に囲まれて基本的には何不自由なく育った末恵子だ。社会的にも激動の時代はとうに過ぎ、何もかもが明るい未来へ急速に進んでいった。

たくさんの姉がいたせいか、つまり相手がたくさんいたせいか、末恵子はお喋りな女の子だった。皆に話し掛けられ、遊びの相手をしてもらい、言葉の覚えも早かったし歩き回るのも早かった。食生活も欧米化していった時代だから、文字通りにすくすくと健康的に育ち、幼稚園や小学校では男の子と比べても背が高かった。

要するに明るく社交的で、少しばかり気の強い女の子に育っていったのだ。個性的な姉たちと毎日やりあっていたのだから、気が強くなくては家の中では目立たなかったせいなのだろう。自己主張をすることも多かった。

そういう意味では、どこにでもいる少し男勝りの元気な女の子だった。

ただ一点、絵を描くことに関しては幼い頃からその才能の片鱗を見せていた。毎日毎日元気に喋り飛び回る末恵子に少し大人しくしてほしいと思ったら、親や姉たちは画用紙と書くものを与えた。

それで、末恵子は静かになったのだ。

まるでスイッチが入ったかのように、一心不乱に絵を描き続けた。そしてその描いた絵が素晴らしかったのだ。

全員の姉が覚えているのだが、三歳のときに描いた絵のあまりに個性的な、そして描写力に驚き、その絵をずっと居間の壁に貼(は)っておいたほどだ。

「この子の将来は絵描きか」

そう言って原史は嬉しそうに言った。原史はそういう方面にはまるで才能がなかった。絵を描かせれば猫なのか雪だるまなのかわからないといった有り様だった。しかし、美しいものは好きだったのだ。

普段の生活ではまったくそういうものには縁がなかったのだが、絵画や彫刻などの美術に接する機会があったのなら、何時間でも飽(あ)きずに眺(なが)めていた。どこが良い、などと言葉で言い表すことなどもできなかった。ただひたすら美しいと感じ、じっと見つめていたかったのだ。

少なくとも成功していた商売人なのだから、そういう美術品を買って飾っておくということもできたのだが、それはしなかった。原史は、女遊びという悪い癖はあったものの、倹約家だった。そして、子供たちや従業員たちの行く末だけを案じていた。自分の趣味ともつかないものに金を使うわけにはいかないとしていたのだ。そういう点では手本にしてほしいぐらいの商売人だった。

だが、末恵子にそういう才能があるとわかって、一大決心をした。

絵を買おうと思ったのだ。

それも、世に認められた素晴らしい画家の作品を買って、家に飾ろうと決めたのだ。

もちろん末恵子のためにだ。

「この子は間違いなく絵の才能がある。それを伸ばすためにも、環境は大事だ」

聞きかじりの知識ではあるが、絵の才能を伸ばすためには豊かな自然に囲まれていることも重要かもしれないと聞いた。それならば我が家は問題ない。豊かな自然は溢れるほどある。色鮮やかな草花も手に取れるところにたくさん咲いている。そして様々な画材を買うぐらいは現状では何も問題ない。

後は、末恵子の才能を刺激するような素晴らしい絵画作品だ。そういうものに囲まれることも重要なのではないかと考えた。

だが、自己満足になってしまってはいけない。

あくまでも末恵子のためなのだと、末恵子にたくさんの、洋の東西を問わずに揃えられるだけの画集を買って与えた。

「この中で、いちばん好きなものを選んでみろ」

末恵子はまだ小学生だったのだが、その何十冊にも及ぶ画集を隅々まで、じっくりと、毎日毎日嘗めるように眺めた。原史は末恵子が何かを言ってくるまで待った。

それから半年以上も経ったある日に、末恵子は原史に言ったのだ。

「全部好き」

「全部か」

何せまだ小学生だ。それぐらいの答えは予想はしていた。

「でもその中でも一番はどんな感じの絵だ」

そう訊くと、末恵子はにっこり笑って言った。

「わたしの描く絵が一番好き」

これには、原史も苦笑した。なるほどそういうものかと。ならば、どんどん絵を描かせればいいと考えた。

基本的には躾けに厳しい更屋家だ。女の子の場合は炊事に洗濯に掃除は言うに及ばず裁縫などもしっかりとトワから躾けられるのだが、末恵子の場合は嫌ならばやらなくてもよいとなった。

今でも更屋家の十大ニュースの一つに数えられる〈末恵子の掟〉である。絵を描くためなら、末恵子は全ての家事から解放されることになったのだ。これには姉たちも驚いたが、末恵子の描く絵の凄さは皆が感じていたので、不満の声が上がることはなかった。そして末恵子自身も、家事が嫌いという程ではなかったのでそこそこきちんとやっていた。

だが、やはり自分の時間のほとんどは絵を描いていた。クレヨン画から始まって、デッサン、水彩、油絵と、あらゆるものの道具は買い与えられた。近くの絵画教室にも通った。長じたときには当然美大に進むだろうと、中学生の頃からその準備はされていた。

つまり、それほどの才能というものを末恵子は感じさせたのだ。

「確かに、凄いわよね末恵子さん。素人の私が見てもいい絵だなって思うもの」

「だよね。でも、本人はかなりジレンマを抱えていたらしいけどね」

「どんなジレンマ？」

「商売にならないっていうジレンマ」

「つまり、自分の絵はお金にならないと」

「そういうこと。結局洋画家なんて今の時代にそれだけで喰っていけるはずもないしさ。名声も一般的になるはずもない」

「そうね」

「イラストレーターと名乗る人たちの方がはるかに有名人も多いでしょ。すーちゃんはね、あれで実はすごく自己顕示欲が強いんだよ。だから、実力はあっても有名人じゃない自分が悔しいんだ」

「画家なんていう人種は大体そういうものじゃないの？　その鬱屈を自分の作品に昇華させるっていうか」

「芸術家はね。でも、すーちゃんは自分で言ってるけど俗物なんだって。それはきっと根っからの商売人である更屋家の血だって文句を言ってた」

「なるほどね」

　中学生となった末恵子は当然のように美術部に入った。思う存分に絵が描けると期待に胸を膨らませていたが、当たり前だが部活だけやっていればいいはずもない。毎日毎日、普通に授業はある。

　末恵子は決して頭が悪かったわけではない。むしろ、良いはずだった。小学校の頃などはおそらくは学校でも十本の指に入るぐらいの成績だった。

だがいかんせん末恵子は勉強をやる気がまったくなかったのだ。

絵を描く以外は無駄なものだと、実は小学生の頃から思っていた。だが、小さい頃はそれでも先生の言うことを聞いてしっかり勉強はしていたものの、中学生になって急激に成長した自我が、勉強嫌いにさせた。

とにかくやる気がなかった。なくなってしまった。

美術と体育と音楽以外の授業の間は、ただ机に座ってぼうっとして過ごした。当然のように中一の一学期の成績は、美術と体育と音楽以外はさんざんなものだった。さて、これはどうやってきちんと学校へ行ける程度の学力を養わせようかと原史やトワは悩んだが、二学期に入ってあっさりと解決してしまった。

解決してくれたのは、美術部顧問の助川潔だった。

原史は直接学校に出向き、担任ではなく助川に話をしたのだ。それは、何よりも末恵子が楽しみにしている部活の、美術の専門の先生から言ってもらった方が話を聞くだろうという判断だった。

助川も、もちろん原史の頼みに大きく頷いた。

「確かに末恵子さんには才能があります。その才能を伸ばすためにも教師としてお話ししましょう」

そして助川は、特別なことをしたわけではない。当たり前のことを、きちんと末恵子に教えたのだ。

「将来美大に行くのだって、他の勉強ができなければ受からない」

その通りだった。当たり前の話だ。いくら実技が重要だとは言っても他科目の試験もある。だがそれをきちんと大学の美術科を卒業した助川が教え諭したことによって、末恵子は納得して勉強を始めた。

何よりも、末恵子は美術部に入部してすぐに、助川の描いた絵に驚いたのだ。

（すごい、きれい）

初めて観たときに感動すら覚えたという。こんな素晴らしい絵を描く先生なのだから信用できる。言うことを聞かなきゃならないと思ったそうだ。その辺はまだ素直な心持ちを持っていたのだろう。

さて、助川潔に絵の才能があったかと言うと、若干の疑問はある。

もちろん教育大学の美術科を出て先生になったぐらいだから絵は巧かった。理論と実践をきちんと兼ね備えていた、ある意味では〈画家〉だった。だが、世間に認められるほどの絵描きではない。

ただの、美術教師だった。

それでも、末恵子が魅了(みりょう)されたのは、ひょっとしたら助川の風貌(ふうぼう)もあったかもしれない。少し病的なほどに痩(や)せ気味で、教師にしては長めの髪の毛、さらには世間を斜めから見るような言動(げんどう)、そしておそらくはそれまで末恵子が観たことのなかった、退廃的(たいはいてき)な世界を描く画風。

それらがないまぜとなって、末恵子は助川の絵に魅了されたのだ。まだ幼かった感受性もそれを助長させたのかもしれないし、その時代、そういうタイプの男性に弱い女性がいたことも事実だろう。

それが、事件を起こしてしまった。

「何があったの？　そんな話は聞いていないけど」

「事件というほどでもないんだけどね。いや、事件かな」

「言いにくいこと？」

「言いにくいね。大げさに言えば、禁断のなんとやらって話になってしまうから」

「あら」

「先生のね、絵のモデルになったんだよすーちゃん」

「っていうことは、あれね」

「あれなんだ」

「それは、事件だわ」

　それは、末恵子が中学三年生の頃だ。

　末恵子の描く絵は、界隈では有名になっていた。中学校のコンクールはもちろん、大きな絵画展でも入賞するようになり、一部では天才少女かもしれない、との声もあった。

　そして末恵子は、今ならクールビューティと囁かれるほどの少女になっていた。もともと背の高い女の子だった。今も一六五センチで、ヒールを履けば一七〇センチにもなるのだから、その当時としては格段に背が高かった。痩せ過ぎとも思える身体に腰まで届くかというぐらいの黒髪。そして中学生だというのに、妙に大人びた風貌。

　確かに、絵心のある人間なら、彼女をモデルに絵を描きたいと思えるだろうという雰囲気の少女に成長していた。

　ひょっとしたら、二人の間では何でもないことだったのかもしれない。師匠と弟子のような感覚もあったのかもしれない。

末恵子は、助川のヌードモデルになったのだ。

絵を描く人間なら、男性なら理解できるだろうが、眼の前に裸の女性が立ったとしても、それが絵のモデルならば、いやらしい気持ちが湧(わ)いたとしても描き始めればすぐに消える。まったく消えてしまう。

そこに立っているのは〈女〉という人体なのだ。それを、写実(しゃじつ)するだけなのだ。だから助川も描いている間はそうだったろう。

だが、教師と生徒だったのだ。しかも、四十歳の男と十五歳の女の子だ。

問題にならないはずがない。

九
kyoichiro and Seven Aunts

　そして、更屋恭一郎には七人の叔母がいる。

　その七人の叔母たちの、つまり自分の母を含めると八人姉妹の微妙な関係性に気づいたのは、恭一郎が中学一年生のお正月だ。いつもの年と同じように、結婚して家を出た叔母も家族を引き連れてやってきて、賑やかに元日の夜の食事、更屋家の恒例であるすき焼きが始まってしばらくした頃に、ふと気づいたのだ。


　八女の末恵子の話だ。

　十五歳の中学生のときに、四十歳だった美術教師の助川のヌードモデルになってしまった。そのときの気持ちを後に末恵子は恭一郎にこう語っている。

「本当に、ただ描いてもらいたかっただけなのよ」

　助川潔という〈画家〉に、学校の先生ではなく〈画家〉と認識し心から尊敬していた人物に描いてほしいという純粋な気持ちだったという。

絵を描く人間の気持ちは絵描きにしかわからないのだろう。

あの人の絵の中に自分がいたらどうなのだろうという気持ちも、ひょっとしたら絵描きにしかわからないのかもしれない。

当然のことながら、それは秘密裏に行われた。助川の暮らすアパートで行われたのだ。

今ならば独身の男性教師の部屋に女生徒が行くなどとんでもない、と、なるだろう。しかし、まだ時代は大らかだった。大らかでもあったし、教師というのは聖職である、というような感じ方も人々の間に多く浸透していた。つまり、お互いのお互いに対する絶対的な信頼感というもので、親と教師が、〈先生〉が、結ばれていた時代でもあった。したがって教師の家に、もしくは部屋に生徒が遊びに行ったところで問題になるようなことではなかったのだ。

むしろ、たとえば日曜日に何人かで連れ立って、仲良しの先生の家に遊びに行くことは生徒の間では普通の出来事という雰囲気もあった。仮にそれが独身であってもだ。

女生徒が一人きりで男の先生のアパートの部屋に遊びに行ったとしても、それが日曜の昼間でしかもまだ〈子供である〉という認識を持たれていた中学生ならば、まだ日常の許容範囲だった。誰か近所の人が見かけたとしても「あぁ生徒さんが遊びに来ていたのね」ぐらいの感想しか持たなかった。

日曜の午後の陽射しが差し込む木造アパートの一室で、陽の光を浴びながら末恵子は裸になり、助川は筆を走らせたのだ。

もちろん二人ともその行為が世間に知られたら大いに問題である、と、認識はしていたので誰にも言わなかった。助川は完成した絵をどこかに発表するつもりもなかった。もし、発表するとしたら、したくなったのなら、その際には顔を変えてモデルはわからないようにしようと助川は心の中で思っていた。

ではどこからそれが漏れたのかとなると、これが助川の母親からだった。

助川は実家を離れ一人暮らしをして長かったが、その頃両親は田舎にまだ健在だった。盆暮れ正月には顔を出してそれなりの親孝行をする普通の息子だったらしい。

その日、助川の母親である比佐子は入院した知人の見舞いに街にやってきたらしい。忙しいであろう息子の部屋に顔を出すつもりはなかったのだが、知人の予想以上に元気な様子に気を良くして、寄るだけ寄ってみるかと顔を出した。

一般家庭に電話が概ね普及していた時代ではあったものの、助川潔のアパートの部屋には電話がなく、アパート共同の電話があるのみだった。その昔のアパートならば、それはよくあった仕組みのものだ。共用の廊下に置いてある電話が鳴れば、近くの部屋の人間かあるいは気づいた人間が電話に出て、何号室の誰それを呼んでほしいと言われ、呼びに行くというシステムだ。なので、電話するのも面倒を掛ける。いないならいないでいい、手紙代わりにメモでも置いていけばいいと、母親はアパートの共同玄関の扉を開け、廊下を歩き、助川の部屋の扉をノックして名を呼んだ。

昔の壁が薄いアパートだ。部屋の中でドタバタと音がするのを扉の前で比佐子は聞いていた。はて、部屋には居るようだが何を騒いでいるのか。さては女性でも来ていたのか、いっこうに結婚する気配もない息子にもついに恋人でもできたのかと、そのときは扉の前で期待に胸を膨らませたという。

そうしてようやく扉が開き、顔を出した息子を見て、そしてその向こう側、部屋の中に制服を着て立っている女の子の姿を、認めたのだ。

「そういう現場にいる人間の気持ちがわかるわ－」

「何かそういう経験があるの？」

「そんなところツっこんでこないでよ。恭一郎くんだってわかるでしょ」

「まぁわからないとは言わないけれど」

「それで、息子がしでかした不始末を詫びに、助川先生のお母さんが更屋家に報告に行って発覚したというわけね？」

「そうそう。ほぼ完成していたすーちゃんのヌードの絵と一緒にね」

「その絵は素晴らしかったの？」

「お世辞抜きで、いい絵だよ」


想像されるような行為は一切していない、と、助川は主張した。

もちろん末恵子もだ。手を握り合ったことさえない。ただ、絵のモデルをしていただけなのだと。

とても信じられん、と、原史は自分の女癖の悪さを棚に上げて怒ったがそれは人の親としては当然のことだろう。助川も弁解はしたものの、神妙に教師を辞めることさえ口に出して謝罪したのだが、意外なところから助け船が出てきた。

万紗子と美津子だ。

まだ骨董店は開いていなかったが、既にその方面に才能があると家の者が認識していたこの二人が、持ち込まれた助川の描いた末恵子をモデルにした絵を一目観るなり絶賛したのだ。

「この絵から立ち上る香気にはそんな俗なものは一切ないわ。絵の中の末恵子は正に聖なる存在よ」

「素晴らしい絵よ。そしてこの絵は、末恵子の存在があったからこそここまで魅力的なものになったのよ」

二人は頬を上気させそう言ったのだ。

その言葉はよくよく考えれば、末恵子がモデルでなければただの平凡な絵だと言っているようなものなのだが、万紗子と美津子の心からの賞賛の声が、原史やトワや比佐子の眼の曇りを拭い去った。

成程、そう言われて改めて観れば、この絵には確かに卑猥なものは一切感じない。素人目に観てもいい絵だ、と納得した。

「美しいな。末恵子が」

原史がそう言ったのだ。自分の娘を美しく描かれて嫌な気持ちになる親などいない。たとえそれが裸体だったとしても、いや裸体だったからこそ、そこには人生の中の一瞬の輝きでしかないものを見たのだ。元々が芸術には理解ある男だった故だろう。

今も末恵子の手元に残るその絵は、確かにこれは魅かれるものがあると、観た人は一様に言う。中には買いたいと申し出てきた者もいたのだが、今になっても末恵子が手元で保管している。もし自分が死んだら、恭一郎に譲るから大切に保管してくれというのが末恵子の口癖だ。

それで、その件は結局学校にもどこにも広まることはなかった。

助川も教師を辞めることもなかった。原史としても中学生の娘がヌードモデルになったなどという話がたとえ一部の人間だけだったとしても、知られることは絶対に避けたかったのだ。

その代わりに、学校では致し方ないが、それ以外では今後一切末恵子に近づくことはしないと、助川に誓わせた。もしそれを破ったことが判明したのならば更屋家で働くこの屈強な男たちが黙っていない、という脅迫紛いなことまで原史は言った。

助川も、確かに美的創作衝動というものに駆られて末恵子をヌードモデルにしてしまったものの、それ以上の破滅へと向かう道を選べるほどの覚悟も度胸も、ある意味では男としての度量もなかったのだ。

素直にそれを承諾した。むろん、文書にして血判さえ捺した。

もちろん末恵子は不満だった。

まだ子供だった。愛などというものはわかっていなかったし、助川に対してそういうものを持っていたかどうか自分でも本当のところではわかっていなかった。だが、感性としては明らかに大人びていた部分を持っていた。

理不尽な大人の世界への単純な反抗心から、学校なんか辞めて家を出て助川の部屋で暮らして絵の勉強をする、とまで言い出したのだが、そこは助川の方が大人の自制心を発揮した。

美術教師として末恵子の才能を伸ばす手助けはする。しかしそれ以上のことは君が見事に美術大学に受かり、大人の女性になるまで一切しないと突っぱね、だから一生懸命勉強してくれと説得したのだ。

それで何とか末恵子も思い止まった。思い止まり、今まで以上に勉強に精をだし、絵を描き続けた。

極端だと思われるが、実際のところそれからの末恵子の中学、高校時代の思い出は勉強と絵を描くことしかない。

クラスメイトと遊ぶこともなく、女の子らしい会話に夢中になることもなく、ただただ、家と学校の往復しかしなかった。修学旅行さえ行かないと言い張ったのだが、そこは何とか家族が説得して渋々行かせたぐらいだ。

禁欲、と表現すると変な意味に取られ兼ねないが、まさしくそういう生活をしていたのだ。それは一緒に暮らす家族も心配するほどにストイックなものだったが、末恵子が望んでやっていることなのだから、と、誰もがそれを容認した。

そうして、見事に末恵子は美大に合格した。

後から知ったことだが、学科の成績はトップで、実技に関してもダントツの評価だったそうだ。これはひょっとしたら天才が我が校にやってきたのではないか、と、教授たちの間でも話題になったほどに。

さて、見事美大に受かったからには、これでストイックなまでの生活も終わりを告(つ)げて、末恵子も大学生活をエンジョイするだろう、と原史やトワや他の姉たちも思っていた。

ところが、実家から美大に通(かよ)い出した末恵子の生活は相変わらず禁欲的だった。

時代は変わっていた。若者たちが自由の風を求め感じていた時代だった。特に美大などというところは、言葉を悪くするなら奇妙(きみょう)きてれつな感性の持ち主たちの集まりになっていた。年寄りが見たら眼を丸くし一体何が起こったのかと思うような服装に身を包んだり、あるいは突拍子(とっぴょうし)もないところでとんでもない大騒ぎをしたり、あるいはわけのわからないものを造ったりするのが普通だった。

その中で、末恵子はとにかく地味なままだった。

髪の毛はただ長いのを括っただけ、服装も毎日決まったように白いブラウスに紺のプリーツスカートといった類いのもの。それで毎日きちんと講義を受け絵を描き夜遊びもせずに真っ直ぐ家に帰ってくるという生活。もちろん、助川と会っているような様子もなかったし、言うまでもなく他の男性と付き合うようなこともまったくなかった。

それで更に日々の言動がおかしくなるようならばいよいよ家族も心配したのだが、そこは普通だった。

ごく普通に家族と会話をし、ご飯を食べ、恭一郎を可愛がり、可笑しいときに笑い、姉たちとささいな口喧嘩をして怒るという、当たり前の女子大生の生活をしていた。であれば、まぁこれが末恵子なのだろう。こうやって毎日絵を描くためだけに日々を過ごすことが、この子の望みなのだろうと納得していたのだ。

それが、ある日、爆発した。

末恵子が大学二年になった秋の頃だ。

つまり、二十歳を過ぎていた。社会的にも大人として認められる年齢になっていた。

突如として流行りの服を着て、派手な化粧をして、時代の先端を行く女性の代表のようなりで大学に通い出したのだ。

元々がスタイルの良い末恵子だ。顔立ちも実は化粧映えがする顔だった。近所の人間が見ても「あれは一体誰だ」と思い、末恵子が「こんにちは」と話しかけてもまったくわからないほどの変身ぶりだった。

一体どこのファッションモデルだろうと皆が思うような出で立ちは、末恵子の態度をも変えた。可笑しいときには口を開けて大きく笑い、映画女優のように華やかな笑顔を周囲に振りまいた。しごく積極的に人と付き合うようになり、酒の場にも顔を出すようにもなった。朝まで騒いで酒の匂いをさせながら帰ってくることも何度もあり、その度に原史は激怒したが、それもさらりと笑顔と軽い謝罪で躱してしまうような余裕も出てきた。

とにかく百八十度人間が変わってしまったのだ。

まぁしかし、酒を飲んで朝帰りはともかくも、人間として悪いことではない、と、原史は思った。

あまりの変身ぶりに確かに戸惑ってしまっていたが、基本的には陰から陽の方に変わっていたのだ。それは責めるようなことではないし、そもそもが芸術家肌の女の子だったのだから、むしろ今の方が自然というものではないか、と。

それに、女の子とは変わるものだ。化けるものだ。それを原史はよく知っていた。八人の娘のことを愛していた父としてももちろん、男としても多数の女とかかわってきたのだから、嫌というほどわかっていた。

しかし、と、原史は考えた。

このあまりにも急激な変わり様には、ひょっとしたらあの美術教師がかかわっているのではないかと邪推したのだ。

二十歳を境に変わった。

それはつまり、色んな意味で〈大人になったから〉変わった、のではないか？

何をしてもどんなことをしても、保護者に文句を言われる筋合いではなくなったから変わったのではないか？

助川潔はまだ末恵子の母校である中学校で美術教師をしていた。年齢は四十五を過ぎていた。二十歳になった末恵子とは二十五もの年齢の開きがあるが、男と女になったのならばそのぐらいは何の支障にもならない、と、自分の行状を振り返っても原史はそう思ったのだ。

それで、助川を問い詰めてみた。

末恵子に知られないように電話を掛けて、誰にも知られないような酒場に呼び出し、確認したのだ。

末恵子を〈大人の女〉にしたのはお前か、と、直接的な表現をして。

訊かれた助川は大いに驚いた。

とんでもない、と、頭を振った。そして、神妙な顔つきになり原史に告白した。

「私は既に末恵子さんに捨てられています」と。

「捨てられた?」と、原史はその言葉を繰り返して訝しげな顔をした。その言葉の意味は文字通りだろう。捨てられた、とは、一時はそういう関係になった、というときの意味合いで使う言葉だ。それは二人は男と女として付き合ったことがあるという意味かと問い詰めると、既に観念した表情の助川は腹を括ったように全てを話した。

付き合ってはいない。

男と女の関係にもなっていない。

あのときに話したように、手さえも握っていない。

実は、謝らなければならないが、約束を反故にして高校生になった末恵子さんと密かに連絡を取り合い会いました、と、助川は続けた。彼女が高校二年生のときだと。

しかし、それは想像されるような男女の関係になるためではないし、神に誓ってそんなことはしていない、と。

「では、何を目的に連絡を取り合ったのか」と原史が問えば、単純に絵を描くためだ、と、助川は言った。

もう一度、末恵子をモデルにして絵を描きたい。その欲求を助川はどうしても抑え切れなかった。

魅了されていたのだ。末恵子のモチーフとしての魅力に。その素晴らしい絵を描いたあの瞬間の自分の存在にも。他の何を失おうとも、末恵子の姿をもう一度カンバスに留めたいと切望していたのだ。

それはひょっとして女として愛しているのと同義ではないかと原史が問えば、しばらく考えた後に助川は頷いた。

「そうかもしれません」と、大きな溜息とともに。

その様子に、原史もはたと思い当たった。

これは、打ち拉がれた男だと。

全てを失って、生きる希望の翼さえももがれた男の様子だと。

そんな男たちを原史は多く見てきた。更屋家という格式こそないが由緒ある家を守り、経営者として移り行く世の中を捉え続け、職人たちという男の世界をずっと歩いてきた男だ。それなりに、いや、並みの男より人生経験は豊富な原史だ。男と女の間に横たわる深い深い河の冷たさや暗さや厳しさも、半分以上は自業自得とはいえ、十二分に味わってきた。

　そこで原史は、助川に接する態度を改めた。末恵子の親としてではなく、同じ男として潔にさらに問いかけた。

「もう私の人生に貴方はいらない、とでも言われたか」

　優しくそう言うと、助川は苦く小さく笑い、頷いた。

「その通りです。まさにその言葉の通りです。私は、男としても画家としても、あの子に見限られました」

　苦悶の表情とともに、助川はそう言い捨てた。

　話によると、電話ではもう一度モデルになることを末恵子は了承したという。そして、部屋に来てくれたと。自分たちの眼を盗んでそんなことをしていたのかと原史は思ったが、そこはもうどうでもよかった。

「そこで、もう駄目だったのか」

「そうなのです」

　久しぶりに部屋にやってきた末恵子は、離れていた間に描き続けた助川の絵をじっと見ていたという。何分、何十分と見続けて、そうして次に、まだ助川の部屋にあった自分の裸体画を見て、末恵子は言ったという。

「これだけが、あなたの中の衝動が輝いた瞬間なのね」

どういう意味かと原史は考えた。つまりそれは、それまで素晴らしいと思っていた助川の絵にまったく魅力を感じなくなったのか、と。

そういうことです、と助川は言った。

「文字通り、ほんの数年の間に何もかもが色褪せたのでしょう。僕の絵からは何も魅力を感じなくなったのでしょう。それは、彼女の感性が数年の間に私の何もかもを越えていったということです」

それは最初から覚悟していたと助川は言った。

あの頃、中学生の頃から末恵子の絵には何かがあった。自分にはない芸術の衝動というものが込められていた。だから、今はまだ幼い感性で自分を慕ってくれるが、いつか末恵子は自分の絵にまったく魅力を感じなくなるだろうという恐怖はいつも感じていたと。

それを、確かめてしまったのだ。

そうして、末恵子はそのまま何もしないで助川の部屋を出ていった。文字通り、何ひとつ残さずに。もう会わないという言葉さえも。

深く溜息をつき、成程そうか、と原史は納得した。

今の助川の言葉にまったく嘘はないと確信した。約束を反故にしたことは、まぁ結局は何もなかったのだからとその場で許してやった。

少し考え、助川の背中を軽く叩いた。

親としてではない。男としてだ。

「お前さんもいい年した男ならわかるだろう。蛹（さなぎ）から蝶々になった女はひらひらと飛んで絶対に、もう捕まえられないと」

そう言って慰（なぐさ）めてやった。自分の娘のせいで一人の男がこれほど打ち拉がれているのだ。それぐらいは武士の情けだろうと。

しかし、では、あの末恵子の変身は誰のせいなのかという疑問は残ったが、結局のところはそれはいつまで経（た）っても原史にはわからなかった。

わからなかったが、それ以上探るようなこともしなかった。

子供は勝手に大人になるものだ。親が干渉（かんしょう）すべきものではない。少なくとも助川がかかわっていたわけではないことがわかったから、それでいい、と。

「その変身には、まだ中学生だった頃の恭一郎くんもかかわっていたんでしょ？」

「そんな含んだ言い方しないでいただけますか」

「でもそうなんでしょ？」

「むしろ僕は被害者かな」

「まぁ詳しくは訊かないでおくけれども。でも先生も可哀想ね。激しく落ち込んじゃったんでしょ？」

「聞いた話を総合すると、その後の人生を棒に振ったね。すーちゃんにかかわったばかりに」

「そういう女性っているのよね。本人に悪気がなくても、男をそうしてしまう女性」

「覚えがあるの？」

「ないわよ。馬鹿」

　結局のところ、末恵子の爆発に理由はなかった。

　単純に自分で火を点けたのだ。

　助川への失望はそのまま自分に跳ね返ってきた。幼かったとはいえ自分は大したこともない男に魅かれてしまっていた。それは結局自分自身が根っこのところで大したものではないからだ、という自虐の念が、そのまま彼女をストイックな生活へと走らせていたのだ。

そして、そういう生活も嫌ではなかった。ある意味では自分で自分を諦めていたのだが、その頃はそこまで見通せるはずもなかった。このままではいけないのかもしれないが、このままでもいい。ある意味ではモラトリアムな時期だったのかもしれない。

そして、そういう自分に、自分で火を点けるきっかけになったのは、誰あろう恭一郎だった。

末恵子が二十歳になった頃、恭一郎は中学生になっていた。それまでも精神的には大人びたと言うか、女性に免疫があったと言うか、とにかく世間の小学生の男の子とはひとつ違うところに心根を置いた子供だったが、中学生になってそれが、おかしな表現ではあるが花開いていた。

開かせたのは、志乃子の一件だったろう。

あれで、恭一郎ははっきりと〈大人の男女の世界〉というものの輪郭を捉えた。

輪郭を捉えるとどうなるのか。

末恵子の談によると、恭一郎は〈色気〉を発し始めたのだ。

男の中にいるだろう。女とは違う〈色気〉を発する男が。それは主に性的な魅力という意味合いで取られるものだろうし、豊かな人生経験からも香るものだろう。

だが恭一郎はまだ中学生だ。豊かな人生経験など皆無に等しい。その代わりに、生まれたときからずっと傍にいた七人の叔母たちが香気として発する〈女の匂い〉を浴び続けた。喜美子によって鍛えられたものもある。それらが〈色気〉として感じられるような少年になっていたのだ。

つまるところ、突然のように末恵子は恭一郎を〈色気を発する魅力的なモチーフ〉として捉えたのだ。

しかも、その姿は〈美しい少年〉だ。

はるか昔から思想家や芸術家たちがこぞって我が物にしようとしたイコンともいうべきものだ。

二十歳の夏も終わる頃に、末恵子は決心した。

恭一郎を、描こう。

その頃、末恵子は自分のアトリエを構えていた。もちろん、更屋家の敷地内、母屋のすぐ近くの離れにだ。そういう小さな建物はあちらこちらにあった。

末恵子は恭一郎を自分の部屋であるアトリエに呼んで、描いたのだ。

もちろん、ヌードを。

少年の美しい肉体を何枚も何枚も描いた。

その結果として、末恵子は自分を爆発させたのだ。こんなところに留まっていては自分は本当に絵が描けるはずもないと感じたのだ。

自分を変える。世界を変える。モノクロだった世界を総天然色の世界へと導かなければならない。そうはっきりと自覚して、変身していったのだ。

さて、果たして描いただけだったのか。密室で美しい叔母と美しい甥二人きりの濃密な時間は二人に何かを与えたのか、禁断の云々という話にならなかったのか。

そこは末恵子と恭一郎だけの秘密である。

はっきりと言えることは、その時間は二人にとっても幸福な時間となり、決して傷にはならなかったということだ。

恭一郎を描いたたくさんの〈少年像〉は、他の誰にも見られることなく今もひっそりと末恵子のアトリエに眠っている。

その後の末恵子の人生は、波瀾万丈とも言えるものだが、本人の弁によると大したものではないらしい。全て自分の欲望の、衝動の赴くままにやってきただけのことだから、何の苦労も後悔もないらしい。

美大を卒業後、突然、身ひとつでパリに行って暮らしたこともある。

その時代だから海外旅行自体が珍しかった上に、旅行ではなく女一人でそこに暮らしていたのだ。一体どうやって生活していくのか、いるのか、親である原史やトワ、姉たちは心配したが、何せ行ってしまったものはもうどうしようもない。たまにやってくるエアメールで生きていることを知ってホッとしていた。

ホッとさせてくれるのはいいのだが、その手紙には随分と海外で贅沢三昧をしているような、遊び暮らしているような内容ばかりが書かれていた。

しかも届く手紙に同封されている写真に一緒に写っている男性は、毎回毎回違う男性だった。

さらに、手紙を出してくる町や国がころころと変わるのだ。

手紙には、向こうでできた恋人にくっついてヨーロッパを放浪していると書いてあった。しかも、その間に恋人は一人ではなく、何人ともくっついたり離れたりしているので、どれだけ恋人ができたかを数えるとても両手両足の指では足りないとも書いてあった。

本当なのか嘘なのか、心配してもどうしようもないので、家族が呆れてしまったのは言うまでもない。

そうして、その恋人たちとはほとんど全員関係が切れていないのだそうだ。

実際のところ、原史は家を出た末恵子にほとんどお金を出していなかった。画家というおそらくまったく定期収入がないと言ってもいい職業だったのに、末恵子はまったく何ひとつ不自由ない暮らしをしていた。それは全部恋人たちにお金を出してもらっていたのだ。

結局八年ほどを海外で暮らし、日本に帰ってきても、海を望む町に瀟洒なマンションを買い、そこをアトリエと自宅にして優雅に絵を描く毎日を過ごしていた。

たまに訪れた姉たちが、いったい収入はどうしているのか、誰からお金を貰っているのかと問えば、艶然と笑って「私のパトロンたち」と言った。

そもそも〈パトロン〉の本来の意味は、後援者や支援者という意味合いなのだから、正しく末恵子は自分で絵を描くためにそういう男たちと恋をしてきたのだろう。本人の弁ではたまたまそういう男たちばかりだったと言うが、何しろあの喜美子のすぐ下の妹だ。そんなはずはないと皆が思った。眉唾物の話ではあるのだが、どこぞの王国の王室からも送金があると話していたこともあるそうだ。本当かどうなのかまったくわからないのだが、実際問題何ひとつ不自由ない生活をしているのだから、信じざるを得なかった。

末恵子は、間違いなくその時代の女性にしては、いわゆるぶっ飛んだ人生を送ってきた。しかしそれもこれも絵を描くための芸術的衝動の結果だったと本人は言う。そして実際に絵を描いて人生を歩いてきたのだから、楽しい人生だったし、今も楽しいと笑う。

女流洋画家として国内でもそれなりに名を残してはいるが、そういう世界は今も昔も保守的で男の世界らしい。末恵子も口には出さないがその部分では辛酸を嘗めたことも数多くあるらしい。

だが、向こうで知り合ったたくさんの恋人たちの家に末恵子の絵があるという。その恋人たちに勧められて末恵子の絵を買う人たちもまだ多くいるらしい。

いつか、自分が死んだら残された絵の管理や権利関係、その他もろもろは全部恭一郎にお願いする、という遺言書を末恵子は既に書いているし、恭一郎も聞いている。ただし、七つしか違わないのだからどっちが先に死ぬかわからないし、少なくとも末恵子は自分より長生きしそうだと恭一郎は思っている。

その場合は、恭一郎の子供たちに全部譲ると、末恵子は笑って言っているそうだ。

「そういう叔母様たちの人生があって、いい意味でも悪い意味でも今の恭一郎くんがいるのよね」

「確かにそうだけど、悪い意味でってどういうこと」

「だって結局早熟な少年だったってことでしょう。色んな意味で。早熟ではない普通の人生は失われたわけだから」

「あー、そういう意味ではね。確かに早熟ではない、素直で一途で熱い男、なんていうのにはなれなかったね。そういうのが好みだった？」

「そうは言ってません」


さて、小さな、ささやかな疑問として頭に残っていた節もあるだろう。七人の叔母たちは今現在はどうしているのか。それも加えて、更屋家は今の暮らし向きはどうなのか。

そして、この長い長い話を延々と恭一郎としている、うら若いと思われる女性はだれなのかと。

それは、更屋家の八人姉妹の最後の話になる。

kyoichiro
and
Seven Aunts

さて、最後になるが、更屋恭一郎には七人の叔母がいる。

恭一郎の母であり、長女のさき子。

次女の志乃子。

双子である三女の万紗子に四女の美津子。

五女の与糸子。

六女の加世子。

七女の喜美子。

八女の末恵子。

更屋家の八人姉妹であり、つまり母親のさき子以外は、恭一郎の七人の叔母だ。

それぞれに、それぞれの意味で個性的な人生を歩んできた、いや、歩んでいる叔母に囲まれて、そして皆に愛されて可愛がられて更屋恭一郎は育ってきた。

実際のところ、おかしな話ではあるのだが、恭一郎には母親であるさき子との思い出が少ない。少ないというか、ほとんどない。いや、もちろん初めてデパートに行ったときや、海水浴、あるいは運動会など、幼い頃の思い出の中に母の姿はあるにはあるのだが、そこには必ず何人かの叔母の姿も一緒にあったのだ。従って、それが母との思い出、という感覚がほとんどない。

よく男には〈おふくろの味〉があると言うが、恭一郎にはそれもない。そもそも毎日のご飯は母を含めた叔母たちが皆で手分けして作っていたのだから、どのおかずを誰が作ったかもわからないまま食事をしていたのだ。小さい頃によく食卓に並んだロールキャベツは大好物だったのだが、それは一体誰が作っていたのだろうか。

長じてそんな様な話をしたことはあるのだが、訊いても皆が「さぁ誰だったかしら?」と首を傾げ「食べたいならいつでも作るわよ?」と皆が言うので、それ以上確かめるのを止めてしまった。

もちろん、それは不幸なことなどではないだろうし、恭一郎もそうは思っていない。

家を出た今も、実家で叔母たちに囲まれて過ごした毎日は大切なものであり、ある意味では貴重な日々だったと実感している。たとえそれが、巻き込まれる形で幼い頃からいろんな人生に遭遇する羽目になっていたとしてもだ。

「叔母様たちって、本当にいつまでもお元気よね。素晴らしいことだけど」

「元気だね。生命力に満ち溢れているっていうか」

「あのパワーはどこから生まれるものなのかしらね。単に裕福な家庭に育ったっていうことだけじゃないと思うんだけど」

「やっぱり家系と言うしかないかなぁ。少なくとも僕よりはるかにＨ　Ｐは高いよね」

「女系家族って、何となくそんなイメージよね。女性のたくましさが目立ってしまうというか」


さて、七人の叔母については一通り話をしてきた。もちろん、彼女たちの人生は長く続いているわけだからエピソードがこれだけで終わるはずもない。

志乃子の子供たちとの戦いの話や、万紗子と美津子の商売である骨董品にまつわる奇妙な話、与糸子の離婚騒動や、加世子の夫の話、喜美子の店にやってくる常連との話や、末恵子のパトロンの話など、まさしく枚挙に暇がない。

ないのだが、それはまた別の物語にするとして、最後にこの女性。

更屋家の人間ではないのだが、関係がないわけではなくむしろ非常に近しい、恭一郎の傍らにいる亜季の話をしてみよう。

まず、更屋家には住み込みの男衆二人がいると言った。

その内の一人は実直、質実剛健、無口、堅物の井苅勇一だという話をしたが、もう一人の住み込みの男の名は早田銀一である。

この早田銀一。更屋家では井苅勇一とは非常にいいコンビだったのだが、その生い立ちはまるで違う。

早田家は、そもそもは子爵様という家系だった。ある事情で爵位が失われてからも早田家は学者肌の家系と商売に秀でた家系が並び立ち、どちらを向いてもとりあえずは不自由ない暮らし向きだった。銀一はそこの商売に秀でた方の家の次男坊だった。

父親である早田彦市は、その父、つまり銀一の祖父が地縁のあった農家から野菜や果物を仕入れ行商するところからいわゆるスーパーマーケットを始めて、一代で十軒の店を抱えるところまでに成した才ある商売人であった。地元に根付き、大手のスーパーにも決して負けない地力があった。当然そこに生まれた銀一も兄と一緒に家業を手伝うと思われていたのだが、この銀一、手癖が悪かった。

不自由ない暮らし向きの家に生まれながら、どういう理由からか万引きなどを繰り返していた。それは社長の息子として我儘に育てられたから、というわけではない。早田彦市は子供の躾けもきちんとしている親だったのだが、生来の云々というものだろうか。どれだけ彦市が親として手を尽くしても手癖の悪さは直らなかった。

　やがて銀一は高校も中退し、家を出奔し、やさぐれた連中と付き合い、ゆすりたかりはもちろん、人を殺す以外のあくどいことは何でもやってきたという経歴の持ち主になってしまったのである。

　そういう男である早田銀一が、何故信頼されて女だらけの更屋家の住み込みになったのか、である。

　銀一は祖父譲りの日本人離れした彫りの深い整った顔立ちだった。スタイルも良かった。つまり、総体的に見目麗しい男であり、同時に身体能力にも長けているという天に二物も三物も与えられた男だった。

　そういう男に生まれながら道を外れてしまったのならば、たとえば結婚詐欺とか、金回りの良い女のヒモになるとか、危険なことをしなくても多くの楽そうな道がありそうなものだが、銀一は頑としてそこを選ばなかった。やさぐれた、とは言ったがヤクザと言わなかったのもそこである。

　実は銀一、手癖が悪いやさぐれ者だったのにもかかわらず、女子供にはとことん優しかった。紳士だったのだ。何でもやってきたとは言ったが、その中に女性や子供を苦しめたり泣かしたりするようなことは一切なかったのだ。

そんなはずはないだろう、と思う向きもあるだろう。どこぞの男性を苦しめたらその家族も苦しむのではないか、つまり女性や子供を巻き込んでいるだろう、と。

だが、力のあるその筋の人間に、女子供を巻き込むような犯罪に手を貸せ、と、言われたのなら銀一はとんでもねぇ、と、ケツをまくって逃げたのである。逃げ足はとにかく速かったし頭の回転も良かったので、それで命を狙われるようなこともなかった。

女子供は、守らなきゃならない存在である。

何故か銀一にはそういう確固たる意志があったのだ。

その理由を語るときに、恭一郎の母であり叔母たちの長姉であるさき子が出てくる。

加山家である。

最初に語られたので既に失念している向きもあるかと思うが、恭一郎の母であるさき子の嫁ぎ先だった加山家だ。

加山家と早田家は親戚であった。

さき子の結婚相手だった加山一造は、銀一の父である早田彦市の従兄弟にあたる。

一造と銀一の関係は〈いとこ違い＝従甥〉ということになろうか。

加山家と早田家は互いの家が近いこともあり、随分と親しく行き来していた。それもあって年こそ離れていたが、銀一は優しい一造を慕っていたのだ。従って銀一は、さき子が加山家に嫁いできたのを知っていたし、結婚式にもしっかりと出席していたのだ。

さき子自身は銀一との血の繋がりこそないが、恭一郎は一造の息子であるから、銀一にしてみると〈いとこ違いの息子〉である。遠いことは遠いが、間違いなく血縁関係にはあるのだ。

加山一造が列車事故で死んだときに、銀一はひどいショックを受けた。

あんなにいい人が、才能がある人がどうしてそんなに簡単に死んでしまうのかと。神も仏もないものかと、まだ年若くして世を儚んだ。大げさに言うのならこの世に生きている意味などあるのだろうか、と考えてしまった。その厭世観が、手癖の悪さに繋がっていったとも、ひょっとしたら心理学者などは分析するかもしれない。

同時に、銀一はさき子に非常にシンパシーを感じていた。

夫である一造の子供を妊娠していたのに、その夫に先立たれた美しい婦人。あるいは銀一は自分でも気づかぬうちに、さき子に淡い恋心を抱いていたのかもしれない。

それと同時に、さき子を尊敬していたのだ。

さき子が、夫は一造ただ一人、と言って加山家から離れて更屋家に戻ったのは聞いた。子供である恭一郎を結婚をしないで一生独りで育てるという決意も知った。そんなに強い女性がこの世にいるのかと思ったのだ。

銀一は、さき子と恭一郎をことあるごとに心配していた。元気でやっているだろうか、恭一郎は立派に育っているだろうか、と。普通に考えれば素封家である更屋家に戻ったのだから金銭的な心配などしなくてもいいのだが、まだ年若かった純粋な気持ちで、銀一は心の底からさき子と恭一郎を思っていたのだ。

それが、女子供は守らなきゃならない存在である、という確固たる意志へと繋がっていった。

死んでしまった一造もきっとそうだろう、と考えた。

その立派な考えが、もっとちゃんとした様子で人格形成に影響を与えてくれれば良かったのだが、生来そんなような二面性があったのだろうと考えるしかない。

加山一造の死は、銀一に大いなる影響を与えてしまったのである。真面目にやっても明日死んでしまってはどうしようもないと遊び回る。しかし、女子供に迷惑を掛けてはならない、と。

「銀一さんの若い頃は、とにかく跳ねる人だったなぁ」

「跳ねる？」

「そう、ただ歩いているだけなのに足が地面から離れているみたいに思えるんだ」

「それは知らない。どういうこと？」

「足の裏にバネがあるみたいにね。身軽っていう言葉じゃ足りないなぁ。いつもダンスのステップを踏んでいるみたいな？」

「バカみたいじゃない」

「いや、それが恰好良かったんだよ凄く。実際に運動神経も凄かったしね。その場で跳んで空中回転とかできたんだよ」

「それは凄いわね」

　むろん、銀一のそういった幼い頃の事情は、恭一郎も亜季も知らない。知っているのは血縁関係にはある、ということぐらいだ。

　さて、まだ恭一郎が幼稚園に入ったばかりの頃の話になる。

　その年は何十年に一回あるかないかという乾燥した年だった。

野火が起こったのだ。しかも、更屋家の敷地内の林でだった。何故火が起こったのかはまったくわからなかったが、とにかく林で火事が起こってしまった。しかもどういうめぐり逢わせか、そのときにすぐ近くの草原でたくさんの幼稚園の園児たちが遊んでいたのだ。その中には恭一郎もいた。

とにかく広い更屋家の敷地だ。空いている草原などはそこかしこにあった。近所の園児や、小学生が走り回ったり草野球をするのには最適だったし、更屋家でももちろん自由に遊ばせていた。

そこで野火だ。

秋口のことだったので枯れ草もあった。それで、あっという間に周りは煙に巻かれてしまった。何せ園児のことだ。大騒ぎして走り回り、数人いた先生の言葉など届かない。ましてや背が低いから地を這うような煙に姿が見えなくなってしまう。

これが運命のめぐり逢わせというものなのだろう。

銀一がその場にいたのである。

恭一郎に会いに来たとかそういうことではなく、実は下手を打って借金取りから文字通り逃げ回っていた途中で、更屋家の敷地内にいくつもあった小屋で暫時隠れているところだったのだが、いたのである。

銀一は、園児を助けるのと、野火の消火に奔走したのだ。

煙に巻かれる子供たちを抱えて走りに走った。近くの川の水を被り、何度も何度も煙が拡がる林の中に飛び込んでいった。その走りを見た大人はまるで鬼神のようだったと後で話した。疾風の如くに走り抜け、園児を二人も三人も抱えて戻ってくる。それを何度も何度も繰り返したのだ。

幸い、園児たちの中に死者はもちろん怪我人も出なかった。多少怖い思いをした子がいたものの、総じて助けにきた銀一に抱えられて走ったのが楽しかった、などと子供らしく無邪気に話した。

銀一の活躍はそれだけでは終わらなかった。

十何人もの園児を抱えて走り回った後だというのに、やってきた消防隊や近隣の人たちに号令一下、川からのバケツリレーも指揮した。道具を持って駆けつけてきた更屋家の職人たちに風向きを読んで、燃え広がらないように木を切り倒すのを指示した。しかも、それが実に的確で堂々としたものだったのだ。

その様子を、必死に野火と戦いながらも、原史を始めとする更屋家の人間たちは見ていたのである。

もちろん、さき子も。

野火は辺り一帯の草原を焼いたがそれ以上は燃え広がることなく、更屋家の損失もほとんどなかった。木はかなり切り倒してしまったが、それは様々に使い道があるものだからさして問題にするものでもなかった。

集まった人々は口々に銀一の活躍を褒め称えた。どうしてこんなところにいたのか、という疑問を全員が持ったものの、それはうやむやになった。更屋家の職人たちと一緒に更屋家に足を運んで、ススだらけ泥だらけになった身体を風呂場で洗い、汗を流し、その夜は皆で酒を飲んだ。翌日には園児たちの父母たちが大勢やってきて、銀一に感謝の言葉を述べた。

そうしてこの事件が、銀一の心根を変えたのだ。

更屋原史は、銀一の父である早田彦市とは仕事上の付き合いがあった。むろん、さき子の嫁ぎ先だった加山家と親族であるのも知っていた。そして、あの早田家の放蕩息子でやさぐれ者と噂で聞いていたのが、この男なのかと原史は至極驚いた。どうしてどうして大した男ではないかと。

そして彦市もまた、自分の失敗作と思っていた息子の善行に心の底から驚き、同時に二つの意味で涙した。自分の教育は間違っていなかったのか、いや息子を信じることができなかった自分が浅はかだったのだ、と。

銀一もまた自分で自分に驚いていた。

気持ちが良かったのだ。子供を助けようと必死で動き、火事を消そうと皆で協力し、そうして皆で無事に笑い合えたことが心底嬉しかったのだ。そういう風に感じた自分に驚いた。

俺は、こんなことが出来る人間だったのかと。

憑き物が落ちる、という表現があるが、正にそういう状態だったのかもしれない。長い間銀一を縛っていた何かがそのときに解け、抜け落ちていったのだ。

これも縁だと、原史は銀一に、更屋家で住み込みで働かないかと誘った。借金がある自分は迷惑を掛けると正直に言うと、父である彦市がその借金を全て立て替えた。そして、言ったのだ。縁がある更屋家でお世話になって、一人前になって帰ってこい、と。

更屋家で働き出した銀一は、文字通り人が変わったように懸命に、真摯に仕事に打ち込んだ。女だらけの更屋家ではあったが、もちろん眼をくれるようなことは一切なかった。それどころか、まるで自分の姉妹であるかのように大事に大切に、そして優しく接した。さき子はもちろん、恭一郎の叔母たちもそんな銀一を心から信頼していたのだ。

懸命に仕事に打ち込んだのだが、そこは銀一。元々が軽い性格である。

堅物の井苅勇一とは違い、女たちを冗談で笑わせ、男たちとは気さくに肩を叩き合い、時には酒を飲んで騒ぎ回るということもしたがそれは十二分に許容範囲であり、いわば働き手たちの間の風通しを良くする役目をも担っていたのである。井苅勇一もそんな銀一を信頼した。自分にはないものを持った男として、そして更屋家での相棒として終生の友情を誓うようになっていった。

そうして、やがて銀一は更屋家を去っていった。

若い頃の過ちは十二分に償った。

更屋家においても、しっかりと足跡を残してくれた。

将来を誓う女性が現われ、そして結婚を機に、そろそろ早田家に戻ってもいいのではないかと原史に言われ、銀一は晴れて実家に戻った。そうして、早田家の商売を継いだのである。

「銀一さん、猫可愛がりしてたよね。亜季さんを」

「年取ってからの子供だったからね」

「愛情一杯受けて育った一人娘が今は」

「何よその言い方。やさぐれて育ったとでも言いたいの？」

「そんなこと言ってないでしょう。美しく、強く、たくましく育ったと」

「本当にね、恭一郎くん。私以外にそのシニカルな笑顔は見せない方がいいわよ。絶対に裏表のある男だと思われるから」

「ないんだけどな、裏表なんて」

「あるわよ」

「そうかな」

「そうよ。私みたいに」


さて、亜季である。

早田銀一の一人娘が、この早田亜季である。

銀一が元は更屋家で働いていたのだからその娘である亜季も更屋家に縁があると言えば、まぁ多少はあるなと誰もが頷(うなず)けるだろう。だがその縁はそれだけではなく、もう少し複雑に紡(つむ)がれていったのだ。

早田家に戻り家業であるスーパーマーケットを継いだ銀一の結婚相手というのが、実は加世子の親友であり、長じて大女優になった菅田妙子(すがたたえこ)だった。

そう、あの菅田妙子である。

出会いは、不思議でも何でもなく、更屋家である。菅田妙子は女優になって有名になってからも、そして加世子がお嫁に行って更屋家を出ていって家にいなくなってからも、出入りしていたのだ。

実は、更屋家には菅田妙子の隠れ部屋があったのだ。

当時の人気女優であるから、その私生活が表に出なければ出ないほど神秘的となり、都合が良かった。かといって、どこぞにマンションを買ってそこで静かに過ごそうとしてもマスコミが黙ってはいない。必ず探し当てて騒がしいことになる。

菅田妙子は、長じて読書を好む人間になっていた。幼い頃はそれほど熱心な読書家ではなかったのだが、女優になり物語の中の役柄を演じるにあたって様々な小説を読み出し、そしてそれが趣味になっていった。静かな環境でゆっくりと本を読みたい。しかも周囲が自然に溢れた環境であればなおいい。

そこで菅田妙子は加世子に頼んだのだ。

「お部屋をひとつ貸してくれない？」

つまり、そこでも加世子は、変わらずに妙子を守ってあげていたのだ。

何せ更屋家の敷地は膨大である。山一つ二つが全部敷地と言ってもいいぐらいだ。

田舎にあるので都会の喧騒は届かない。森や林が全部私有地であるから勝手に入ってくる人間もいない。入ってきたところで、屈強な男衆がそこにはいる。

人気女優が隠れ家にするのには、更屋家は絶好の場所だったのだ。ましてや、更屋家の人間は全員妙子を子供の頃から知っている親戚みたいなものだ。煩く干渉することもなく、かといって恐々と接することもなく、実にニュートラルな状態で過ごすことができるところだった。

そこで妙子と銀一は知り合った。

積極的だったのは妙子だと後から皆は知った。何せ銀一は良い男である。そこらの俳優と比べても遜色ない風貌であり、なおかつ頼りがいのある男性である。妙子が夢中になっても不思議ではない。

銀一も真面目に仕事に精を出す男になったとはいえ、女優に言い寄られて悪い気がするわけがない。

違い過ぎる世界に生きる者同士だから、それなりの紆余曲折はあったのだが、結論として二人は周囲に祝福されて結婚した。

そうして、亜季が生まれた。

銀一にしてみると正に我が世の春という時期だったのだが、残念ながらそれは長くは続かなかった。周囲には「上手（うま）くいくはずがない」という声はあった。それが、その通りになってしまったのだ。

亜季が三歳になる頃に、二人は離婚した。原因はやはり違い過ぎる世界だった。芸能界に生きる妙子は自分の仕事を選び、夫と子供を手放した。親権（しんけん）は銀一が持った。人それぞれではあるが、妙子には妻と母という立場をやり通すことができなかったのだ。

亜季は、物心ついた頃に母を失ってしまった。家族の話によると、もともと父さんっ子だったらしい。仕事でいつも家にはいない母より、父の方に懐（なつ）いていたということだ。従って母親である妙子がいなくなっても、悲しんでいる素振りはあまり見せなかったということだ。

「そんなこともなかったんだよね」

「まぁね」

「淋（さび）しいって言ってたものね。小さい頃に泣いてたの覚えてる」

「忘れてよそんなこと」

「でも、一緒には暮らせないっていうのは、わかっていたんだよね。きちんと理解できた」

「それは、そう。あの日からね」

「あの日は緊張してたな」

「誰が？」

「僕が」

「嘘でしょ。楽しんでいたでしょ」

銀一はその後、結婚することはなく男手ひとつで亜季を育て上げた。

とはいえ、早田家には長兄の家族も同居していたし、もちろん亜季にとっての祖父祖母もいた。子育てに苦労することはなかったのだ。その当時はスーパーの本店が家のすぐ隣にあり、従業員たちも大勢いた。言ってみれば亜季は恭一郎と同じような環境で育ったのだ。

家を出て店に行けばお客さんはたくさんいる。従業員の皆が「亜季ちゃん」と呼んでくれる。休憩中であれば遊んでくれるし、仕事のお手伝いをすれば褒めてくれる。

父親だけだったとしても、決して淋しくはなかったのだ。

母親である妙子とは、幼い頃にはまったく会うことはなかった。ただ、誕生日には必ず亜季の欲しいと言ったものが妙子から届いていた。別れても銀一とは連絡を取り合っているのだな、と子供ながらすぐに理解した。

母と娘が初めて二人きりで会ったのは、亜季が中学二年生のときだ。

正確には二人きりではない。何故かそこに、恭一郎も同席していた。亜季がそれを望んだのだ。何かが起こるわけではないし、何かを起こそうとも思っていなかったが、その何かがあったときに恭一郎がいれば大丈夫と思っていたからだ。

亜季は、美しい女の子に成長していた。

何せ、母は女優の妙子で、父の銀一も彫りの深いハンサムな男だったのだから、どちらの遺伝子を受け継いでも美しさは保証されていたようなものだ。

小学生の頃には既に芸能界のスカウトから声を掛けられていた。ただ、母親のことがあったので芸能界のような世界には軽い嫌悪感を抱いていた。それが変化していったのが、そろそろ高校受験を意識するようになった中学二年生の終わり頃からだった。

自分は将来何になるのか、を、考え始めたからだ。

周囲の友人たちと話をすると、それぞれに看護師さんになるとか、学校の先生になりたいとか、お嫁さんでいいとか様々な将来の夢を語っていた。

亜季には、将来の夢がなかったのだ。なりたいものなど、何もなかった。かといってお嫁さんというのは論外だった。あくまでも感覚的にだが、自分は家の中でじっとしているような女ではないというのはわかっていた。

それに、妙子のせいで、結婚生活というものにはまったく理想を持たない女の子になってしまっていた。

そういうことを、自分を捨てた母親と話し合いたいと初めて考えたのだ。母親であることを捨てて、女優という世界を選んだ女性と。

その話し合いの場では、多少の諍いはあった。亜季にしてみれば自分の母親であることを捨てるとは一体どういうことなのか、という文句を言いたい気持ちもあった。妙子にしてみれば、それが私の人生なんだという思いがあった。あったが、それは互いに互いのことを思い合うことで静かに解消されていった。

何よりも、亜季も妙子も初めて自分の母と、娘と、真正面から向き合うことで自分たちはどういう女なのかということを改めて知る結果になっていった。

多くの同意を得られるとは思うが、父親や母親になったからといって、人格が変わるわけではない。立派な大人になるわけではない。ただ、子供を育てるという役割を与えられそれをどうしたらいいのかと学んでいくだけなのだ。大人になるということは、子供時代にしていた学校の勉強が、社会の勉強に変わっていくだけなのだ。

そして子供から大人へ一歩踏み出すというのはどういうことかと言うと、大人の身勝手で理不尽な理屈を「あぁそういうものなのだ」と、肌で感じて理解するところから始まるのだ。

実際のところ、亜季はこの日ようやく妙子という〈自分を産んだ女性の生き方〉を理解できたのだ。まだ幼い感性は、完全に理解することを拒んだものの、それまで感じていた母への嫌悪感は消えていった。

結果として、この日の面談は実に有意義なものになった。

亜季は自分の将来の道筋を母親に見ることができた。妙子は亜季が間違いなく自分の血を受け継いでいるのだと自覚できた。そして、もしも一緒に親子として暮らしていたのなら、こんなふうに理解し合うことはなかったかもしれないとも、互いに思った。

この後、亜季は受験勉強に精を出すようになり、成績優秀な生徒として高校へ進学。そして大学はアメリカの大学に進んだ。そして、演劇というものを専攻する学生になった。

母と同じ演技の道を進んだのだ。ただしそれは、スカウトされてただ可愛いだけでちやほやされるような方向ではなく、世界に通用するような女優への道だった。演劇の世界では名門とされる大学へと進み、ひたすら自分を磨き続けた。

もちろん、簡単な道ではない。アジア人、ましてや日本人がアメリカで、その方面で認められるのは容易なことではない。その時代においては無謀とも思える挑戦を、金銭的にも、いや物心両面からサポートしたのが実の母であり、大女優となっていた妙子であったことは言うまでもない。

亜季のアメリカでの挑戦がその後どうなっていったのかは、残念ながらまた別の話になる。

亜季と恭一郎の関係だが、まず遠戚であることは間違いない。

そして、亜季にとっては初めて親しくなった男の子が恭一郎だった。亜季は物心ついたときから、更屋家に遊びに行っていて、優しいお兄ちゃんである恭一郎と仲良くなっていたのだ。遠戚であるのだから当然血の繋がりはない。

亜季は幼い頃から何故か恭一郎を信頼していた。それはひょっとしたら初恋だったかもしれないが、とにかく恭一郎なら絶対に間違いないという絶大な信頼を初対面から置いたのだ。その感情を自分で分析することはできなかったし、する必要もないと感じていた。長じて思春期を迎える頃には、恋をしている自分をはっきりと自覚した。自分の相手には恭一郎しかいないと思っていた。そして恭一郎もまた、その思いを受けて、亜季は自分に必要な存在だと認識するようになっていった。

さて、七人の叔母を持つ更屋恭一郎だが。

既に理解されたことと思うが、穏やかな性格を持ち、物事は器用に確実にこなし、誰からも好かれそして信頼されるという男になっていった。しかし同時にこれもわかっていただけると思うが、多少癖のある男にもなった。そしてその癖が、女性にとっては魅力的に映るというのも、同じ男としては憎たらしくもなるのだが事実なのだ。高校生、大学生となった恭一郎が、騒ぐほどのハンサムでもないのに、何故か女性たちからやたらモテたのは言うまでもない。

恭一郎が何か突拍子もない才能を発揮して、政治家であるとか、芸能人であるとか、もしくは芸術家のようなもので大成していったのならそれはそれでむかっ腹は立つものの、まぁそういうものだよなと納得はするが、そうではなかった。

かといって、実はろくでもないヤクザ者に堕ちていったとなればかなりドラマチックではあるが、それも、ない。

彼がどのような人生を歩んでいったのかも、また別の話だ。

亜季と恭一郎のこの会話は、亜季がアメリカから一時帰国したときのものである。

久しぶりに会い、会話が弾み、このような互いの家族の話を二人きりでしていった。

いつどこで、は特に明らかにはしない。

ただ、この後二人は長い長い年月を共に過ごし、更屋家を継いでいったことだけは付け加えておこう。

もちろん、七人の叔母たちに心からの祝福を受けて。

更屋家の、恭一郎の七人の叔母の話はこれで終わる。

最後に、さき子を筆頭に、志乃子、万紗子、美津子、与糸子、加世子、喜美子、末恵子。更屋家の八人姉妹、恭一郎の母と七人の叔母はいずれも年相応の身体の衰えはあるとしても、健在である。

元気である。

完

初出誌「読楽」
一　二〇一四年六月号
二　二〇一四年八月号
三　二〇一四年十月号
四　二〇一四年十二月号
五　二〇一五年二月号
六　二〇一五年四月号
七　二〇一五年六月号
八　二〇一五年八月号
九　二〇一五年十月号
十　二〇一五年十二月号

単行本（徳間書店刊）二〇一六年三月

この作品はフィクションであり実在の個人・団体などとは一切関係がありません。

徳間文庫

恭一郎と七人の叔母

2019年2月15日 初刷

著者 小路幸也

発行者 平野健一

発行所 株式会社徳間書店

〒141-8202 東京都品川区上大崎三-一-一 目黒セントラルスクエア

電話 編集〇三(五四〇三)四三四九 販売〇四九(二九三)五五二一

振替 〇〇一四〇-〇-四四三九二

印刷 製本 大日本印刷株式会社

ISBN978-4-19-894440-7 (乱丁、落丁本はお取りかえいたします)